最弱職《さいじゃくしょく》の初級魔術師3
初級魔法を極めたらいつの間にか「千の魔術師」と呼ばれていました。
saijakusyoku no syokyuu majutsushi
KATANADUKI
カタナヅキ
ILLUSTRATION ネコメガネ

ロプス
サイクロプス。
ルノに懐いている。でかい。
コトネ
冒険者ギルドに
所属するA級冒険者。
情報収集が得意。
ルノ
勇者召喚に巻き込まれて、
異世界にやってきた平凡な高校生。
ショボい「初級魔法」を駆使して、
危険な異世界を
生き抜こうと奮闘する。
リーリス
帝国四天王の一人。
回復魔法が得意な
非戦闘職(?)。

CHARACTER
黒いスライム
謎のスライム。
何か企んでいるらしい……
デブリ
森人族《エルフ》の王子。
甘やかされて育ったため、
性格が最悪。
陽菜《はるな》
ルノのクラスメイトで、
異世界に召喚された勇者
の一人。アイドル的存在で
胸が大きい。
スラミン
スライム。
水や氷が大好物。
魔石も食べる。

# 1

森人族《エルフ》のわがまま王子デブリをエルフ王国に引き渡すため、ルノ達移送部隊は、交渉場所である「白原《はくげん》」を目指していた。

途中、オークロードという強敵に遭遇したものの、ルノの機転によって打ち倒すことに成功する。被害は馬車一台だけに留めることができたのだった。

その後森を抜け、再び草原に出たルノ達一行。

ルノが連れてきた黒狼種《こくろうしゅ》のルウやサイクロプスのロプスのおかげで、道中は安全に進むことができた。

順調ではあったが——次の街までは半日もかかってしまうという。また、それまでずっと馬車が一台少ないというのはいろいろ不便である。

というわけで、ルノが先に街に赴き、馬車を手配してくることになった。なお、バルトロス帝国の先帝バルトスと、なぜか五人いる帝国四天王の一人であるリーリスが同行する。

×　×　×

「じゃあ、これに乗ってください」

ルノが「氷塊《ひょうかい》」の魔法でさっと氷車《ひょうしゃ》を作り上げてそう言うと、バルトスとリーリスが表情を曇《くも》らせる。

「本当にルノ殿の魔法は何でもありじゃのう……これでは馬車の必要性を疑うわ」

「今回は普通自動車の氷像ですか……免許は持ってますよね？」

リーリスの質問にルノは冗談交じりに答える。

「この間、ゴブリンを轢《ひ》き逃げして免停《めんてい》くらっちゃって……」

バルトスとリーリスが乗り、最後にルノが乗ると氷車が浮上する。その光景を見た兵士達は驚き、呆然《ぼうぜん》としていた。

「じゃあ、すぐに戻ってきますので……出発!!」

ルノはそう言うと、氷車を一気に加速させた。

「ぬおおっ!?」

「ちょ、法定速度は守ってくださいよ!?」

驚くバルトスとリーリスをよそに、氷車は動きだして間もなく、時速二百キロを超える速度に達するのだった。

約一時間後、ルノ達は街の近くに立つ砦《とりで》に到着した。ルノは帝国兵に事情を伝え、新しい馬車の手配を頼む。

そこへ街の兵士がやって来て、予想外の情報をもたらした。

驚いたバルトスが声を上げる。

「何っ⁉　火竜《かりゅう》が現れたじゃと⁉」

「は、はい……最初は我々も信じられませんでしたが、火竜の目撃情報が次々と届けられています」

兵士は顔を真っ青にして続ける。

「最近、近くの火山が噴火したのですが、それで火山を棲家《すみか》としていた火竜が暴れだしたのです。我々も対処に困ってまして……」

「むうっ、困ったのう。しかしいったいどうすれば……」

顔をしかめるバルトスに、ルノは何気なく尋ねる。

「そんなにまずい相手なの？」

バルトスに代わってリーリスが答える。

「竜種は魔物の中でも最強の存在ですからね。オークロードとは比べ物にならないほどやばいですよ」

どうやら火竜は棲家を移そうとしているらしい。そうであるならば、バルトロス帝国が軍隊を出して討伐する必要があるのだが、今はタイミングがまずかった。

バルトスが頭を抱えて言う。

「まさかこんなときに……エルフ王国との会談が終わっていない今、軍隊を動かすことはできんしのう」

「え、そうなの？」

ルノが声を上げると、リーリスが説明する。

「今は、エルフ王国の国王がバルトロス帝国領土に近づいているんです。そんなときに帝国が軍隊を動かせば……良いふうには捉えないでしょうね」

「それなら事情を説明すれば……」

ルノが疑問を挟むも、リーリスは首を横に振る。

「そんな簡単な話じゃないですよ。両国の関係は冷えきっているんですから。また仮に、軍隊を動かすとしても容易ではありません。兵糧《ひょうろう》の準備をし、竜種に対抗するための兵器を用意しないといけませんし」

バルトスがため息交じりに付け加える。

「森に棲み着いたオオツノオークも討伐しなければならんぞ。あの森を抜けなければたどり着けんからな。まったく、次から次へと問題が起きるのう」

彼のぼやきに呼応するように、帝国の兵士達は大きく肩を落とした。

バルトスはさらに続ける。

「それにしてもこの地方は本当にどうなっておる？　オオツノオークやオークロード、火竜まで現れるとは……」

「確かにおかしいですね。こんなに離れた地域まで、西の森で起きた生態系異常の影響が出ているんですかね。それは考えにくいですが……」

リーリスがそう口にすると、兵士の隊長が神妙な面持ちで告げる。

「おかしいといえば……これは火山が噴火する前の話なのですが、何やら怪しい動きがあったようで……」

「ほう？」

バルトスが反応すると、隊長は次のようなことを語った。

火山が噴火する数日前、街に森人族《エルフ》の集団が訪れ、住民に妙な聞き込みをしたという。

火竜の棲む火山はどこか、近辺にはどのような魔物が棲息しているのか、そうしたことを丹念に調べ回っていたらしい。

火竜の居場所はともかく、魔物の情報は冒険者ギルドに尋ねるのが一番なのだが、なぜか彼らは街の住民にだけ聞いて回ったようだ。

そして森人族《エルフ》の集団が去った翌日、火山が噴火し、火竜が出現した。

兵士達の中には、その森人族《エルフ》が犯人だと決めつけている者までいるという。

一通り話を聞き、バルトスとリーリスは首を傾げる。ルノも同じように、違和感を抱いていた。

「森人族《エルフ》の集団がのう……」

「これは……エルフ王国が関与しているんでしょうかね？」

「う～んっ……」

三人がしばらく無言になっていると、やがてバルトスが口を開く。

「エルフ王国の者達が関わっていると考えるのが普通じゃろうな。儂《わし》らがこの地を訪れるタイミングを狙って、火竜を動かしたのかもしれん。だがしかし、それにしては行動がどうにも目立ちすぎる」

続いて、リーリスが疑問を口にする。

「それに、火竜を頼った意味が分かりませんね。火竜で私達を襲撃したら、護送している馬鹿王子も無事では済みませんから」

「魔物使い……だっけ？　魔物使いなら火竜を上手く操作して……」

ルノがそう言うと、リーリスが否定する。

「魔物使いはそんなに万能な職業ではないですよ。竜種を使役するなんて……伝説に名前を刻むくらいの実力でないと」

実際、竜種を操作するには、「英雄」ほどの実力がなければ不可能である。竜種を操れる魔物使いは、この時代に皆無だと言われていた。

バルトスが言う。

「やはり、住民にだけ聞き回っていたということが気になるのぅ。何か理由があって冒険者ギルドを頼れなかったのだろうが、結果として多くの目撃情報を残してしまっておる。行動が雑すぎるのぅ」

「あの馬鹿王子じゃないんですから、慎重な森人族《エルフ》がここまで雑な行動をするとは思えませんね」

「でも、それならその集団は何者だったんだろう？」

リーリスの言葉にルノがそう口にする。

すると、バルトスが隊長に疑問を呈する。

「どんな容姿だったか分かるか？」

「森人族《エルフ》であることは分かっているのですが、全員フードで頭部を覆い隠していまして……それでも住民からの情報を頼りに、一応は似顔絵を作成しています」

「ほう」

隊長がバルトスにいくつかの似顔絵を手渡すと、バルトスは目つきを鋭くする。そして、すぐに首を横に振って、リーリスに絵を渡した。

「フードで見えなかった割に、ずいぶん描けているんじゃな。だが、儂には見覚えがないな。エルフ王国の有力者の顔はほぼ知っておるが、この中にはおらん」

「う〜ん……フードで顔を隠したまま行動するのは怪しいですね。それにもかかわらず、街の住民には、森人族《エルフ》とばれてしまったわけですか……」

「ということは……」

ルノがリーリスに続いてそう口にすると、バルトスが答える。

「エルフ王国の差《さ》し金《がね》、とは限らんということじゃ。バルトロス帝国とエルフ王国に仲違《なかたが》いさせようとする、別の組織がいるのかもしれんのう」

「……魔王軍？」

「断定はできんがな……」

ルノが言った「魔王軍」とは、バルトロス帝国領土内でテロ活動を引き起こす勢力である。バルトスはそれを否定せず、額《ひたい》を押さえつつ言う。

「ともかく、今は火竜の件を何とかする必要があるのう。仕方ない。ここはエルフ王国に頼んで、会談を延期してもらうか」

リーリスが意見を言う。

「ルノさんの魔法で、あの馬鹿王子を送り届ければいいんじゃないですか？」

「いや、ああ見えてもあの馬鹿王子は帝国にとっては大きな取引材料じゃ。易々と渡すわけにはいいかん。残念だが、会談は延期じゃ。すまないが、ルノ殿。儂らを例の氷の車で帝都に送ってくれんか？」

そこへ、ルノが妙な質問をする。

「あの……その火竜というのは、そんなに強いんですか？」

「「「…………」」」

誰もが黙り込み、「何を言っているんだこいつは？」という表情を浮かべる。

しかし、ルノは続ける。

「何なら、俺がその火竜を倒しましょうか？　ほら、馬車にいたとき、竜種でも俺なら勝てると言ってましたよね？」

「「「っ……!?」」」

バルトスは言った本人であるが、唖然《あぜん》としていた。

一方で、ルノは己の規格外の力を自覚し始めていた。自分なら火竜を倒せるのではないかと考えていたのだ。

バルトスは我に返ると、慌てて止める。

「い、いや……確かにルノ殿ならば竜種を倒せるかもしれんが、しかし危険すぎる」

「でも、このまま放置していたら危ないんですよね？」

「まあ、そうですね。この街に襲いかかってきたら大きな被害が出るでしょう。今から住民を避難させても間に合うかどうか……」

「リーリス、余計なことを言うな!!　これは帝国の問題じゃぞ!?」

「それなら、帝国に世話になっている俺が動いてもおかしくないんじゃないですか？」

ルノの言葉に、皆押し黙ってしまった。

すでに火竜と戦う覚悟を決めていたルノは、近くにいた兵士に尋ねる。

「その火竜というのは、どこにいるんですか？」

「え？　えっと……新しい報告によるとこの街の東側に……」

「言うでない!!」

「も、申し訳ありません!!」

バルトスに怒鳴《どな》りつけられた兵士は、慌てて頭を下げた。

そこへ、轟音《ごうおん》が響き渡る。


「グガァアアアアアアアッ!!」


荒々しい鳴き声である。

直後、建物が激しく振動した。何事かと全員がその鳴き声がしたほうに視線を向けると——慌てふためいた様子で一人の兵士が走ってきた。

「た、大変です‼」

「どうした⁉」

「火竜が……火竜がこの砦に‼」

即座にルノは外に飛びだすと、バルトス、リーリスも後に続く。

崩壊した倉庫の上に、巨大な生物がいる。それは、西洋ファンタジーのドラゴンそのものの見た目をしていた。

「アァアアアアアッ‼」

体長十五メートルを超える巨体を前に、ルノは一歩後ずさる。

「くっ……⁉」

「か、火竜……どうしてこんなに早くっ⁉」

火竜が着地した場所は、兵士達の武器を収めている武器庫であった。火竜の重量に耐えきれず崩れてしまったのだ。

火竜は口を大きく開くと、口内を赤く輝かせる。

「まずい……炎を吐くつもりですよ‼」

リーリスが声を上げた瞬間、火竜は炎の息を火炎放射器のように放った。

「アガァアアアアアッ‼」

「「「うわぁあああああっ⁉」」」

「いかんっ!!」

逃げ惑う兵士達に向け、火竜は火炎を吐き散らす。

バルトスが炎に呑まれそうになった兵士に手を伸ばしたところ、ルノが彼の前に立って手のひらをかざす。

「『氷塊』!!」

「アガァッ!?」

「えっ……!?」

火竜は頭部に巨大な氷を叩きつけられ、後ろ向きに倒れた。

火炎が上向きに放たれる。

これで兵士を助けることはできたものの、激昂《げっこう》した火竜の標的がルノに移った。

「こっちだ!!」

「グガァッ!!」

ルノが声を上げて挑発すると、火竜は身体を起こした。そして尻尾《しっぽ》を振るって彼を押し潰そうとする。

寸前でルノは回避するが、尻尾の先端が触れただけで建物が粉々になった。

ここで戦うのはまずいと判断したルノは、「氷塊」の魔法で氷板《スケボ》を足元に生みだして浮き上がる。

「こっちだ、トカゲっ!!」

「ガアアアアッ!!」

「だ、だめじゃっ!!　戻ってこい、ルノ殿!!」

上空に飛んだルノを追うため、火竜も翼をはためかせて浮上する。バルトスが止めようとするが、ルノは戦闘準備を整えていく。

ルノが追跡してくる火竜に視線を向けると、怪獣映画で観たような光景が広がっていた。

「さすがに今回はやばいかも……『氷塊』!!」

ルノは「氷塊」を発動し、デブリ達の騒動の際に使用した氷鎧《ひょうよろい》をまとった。これで防御力を上昇させつつ、さらに氷板《スケボ》の速度を上げる。

「アガァアッ!!」

「うわっ……隕石《いんせき》!?」

火竜の口から出たのは、先ほどの火炎放射ではなく火炎の弾だった。

まともに当たれば危険だと判断したルノは弾に手のひらを向け、いつもより大きな氷盾《ひょうたて》で受け止めた。

「くううっ!?」

しかし、火竜は追撃とばかりに火炎の砲弾を撃ってくる。

衝突するたびに氷盾が蒸発するが、氷鎧をまとっているため、ルノがダメージを受けることはない。

「やばい……螺旋氷弾《らせんひょうだん》‼」

「アガァッ‼」

ルノが放った螺旋状の氷の砲弾と、火竜の放った火炎の砲弾がぶつかる。空中で火炎と氷の破片が四散した。

「くそ、この程度の攻撃じゃだめか……うわっ⁉」

「グガァッ‼」

火竜が大きく口を開いてルノを呑み込もうとしたが、彼はとっさに上昇して回避する。

氷板《スケボ》の移動速度をさらに上げて距離を取ろうとするが、火竜も速度を上げて追いついてくる。そして、至近距離から先ほどのように火炎を放射する。

「アガァアアアアアッ‼」

「くぅっ⁉」

氷鎧のおかげでダメージは受けなかったものの、強力な炎によって氷鎧は溶け始めていた。完全に溶かされる前にルノは炎から逃れようとするが、火竜は執拗《しつよう》に追ってくる。

「ガアアッ‼」

「うわっ⁉」

火竜が両翼を激しく羽ばたかせると、強風に煽《あお》られたルノは体勢を崩して落下してしまった。

ルノは何とか体勢を整えようと手を伸ばし、風の能力を上昇させる強化スキル「暴風《ぼうふう》」を発動した状態で魔法を放つ。

「『風圧《ふうあつ》』!!」

「グギャッ!?」

ルノの手のひらから竜巻《たつまき》が放たれ、火竜を吹き飛ばした。火竜は慌てて体勢を整えようとするが、そのまま地面に叩きつけられる。

それでもまだ、火竜は向かってこようとする。

「グガァアアアッ……!!」

「しつこいな……『白雷《びゃくらい》』!!」

火竜の肉体に白い電流が迸《ほとばし》った。火竜は苦悶《くもん》の表情を浮かべるが、なぜか電流は数秒ほどで消失してしまった。

火竜が再び起き上がってくる。

「グガアアアアッ!!」

「あれっ!?」

通常であれば、「白雷」は生物を麻痺《まひ》させることができる。

だが、火竜の身体が大きすぎたのか、雷属性の耐性を持つのか、どちらにしてもこれまで無類《むるい》の強さを誇った「白雷」は火竜に通じなかった。

「アガァッ!!」

「うわ、またあれか⁉」

火竜は火炎の砲弾を、ルノに向かって的確に放つ。

ルノは、溶けかかった氷板《スケボ》を操作して砲弾を避け続けた。一発でも当たれば、無事では済まないだろう。

どう対抗するか考えていたルノは、火竜の足元が草に生《お》い茂《しげ》っていることに気づく。

「これはどうだ‼『光球《こうきゅう》』‼」

「ガアッ……⁉」

複数の光の球を一度に生みだし、火竜の周囲に拡散させる。

突然光の球体に囲まれ、火竜は戸惑う仕草《しぐさ》を見せる。ルノはその隙を逃さず、光の魔法に作用する強化スキル「浄化《じょうか》」を発動させた。

「絡《から》まれっ‼」

「ガアアアアッ⁉」

火竜の足元の草が急速に成長し、その巨体にまとわりつく。

植物が火竜を完全に拘束した。火竜の動きを押さえることができ、ルノは気を抜いてしまうが——相手は生態系の頂点に座す竜種である。

「アガァアアアアアアアアアッ‼」

火竜は力ずくで植物を振り払い、炎を吐いて一帯を焼き払った。

焦ったルノは賭けに出ることにした。

「これならどうだ!!」

「グガァアアアッ!?」

ルノが放ったのは、複数の属性を組み合わせた最強の合成魔術《ごうせいまじゅつ》、黒炎槍《こくえんそう》だ。

黒い炎の槍が火竜に突き刺さる。

一瞬だけ巨体が揺らいだが、表面の鱗《うろこ》を少し焦がした程度だった。

火属性の魔法は効果が薄いだろうとルノも思っていたが、あまりにも呆気《あっけ》なかった。「白雷」もだめ「黒炎槍」もだめとなれば、ルノに残された手は残すところ一つである。

「頼む……これで終われ!!」

両手を広げたルノは「氷塊」の魔法を発動させて、丸鋸《まるのこ》のような巨大な円盤状の氷を生みだす。

殺傷能力が高いので使用を控えていた回転氷刃《かいてんひょうじん》だ。

放たれた二つの氷の円盤は、高速回転しながら火竜に近づく。一方火竜は口を開き、巨大な火の弾を放った。

「アガァッ!!」

回転氷刃と火炎の砲弾が衝突し、砕け散って周囲に散らばる——回転氷刃の一つは残っており、火竜の背後から斬りかかった。

しかし火竜は尻尾を振り上げ、回転氷刃に叩きつけてその軌道を逸らした。

「グガァアアッ!!」

「くそっ!!」

回転氷刃が地面に落ちる。ルノは自分の持つすべての魔法が破られたことにショックを受けていた。

「アガァアアアアアッ!!」

「『氷塊』!!」

火竜は顎《あご》が外れかねない勢いで口を開き、ルノに向けて火炎放射する。ルノはとっさに手のひらを出して氷盾を作るが、あまりの熱量に溶かされていく。

「くうっ!! こうなったら……」

ルノは手を構えながらステータス画面を開き、危険すぎるため封印していた、氷の属性に作用する強化スキル「絶対零度《ぜったいれいど》」を解放する。

その直後、氷盾が激しい冷気を放ち、火炎をはねのけた。

ルノは安堵《あんど》の息を吐く。

「ふうっ……ひとまずこれで大丈夫か」

「アアアアアッ……!?」

体力が切れたのか、火竜は全身を激しく震えさせながら口を閉じ、酸欠を起こしたように地面に伏せた。

ルノは氷盾を解除し、反撃に転ずる。

「螺旋氷弾っ!!」

「グガァアッ!?」

氷の砲弾が手のひらから放たれ、火竜の右腕に命中する。そして火竜の手を地面に張りつけるように、深く突き刺さった。

火竜は氷を引き抜こうとするが、「絶対零度」で強化された氷は凄まじい冷気を放ち、突き刺さった個所から火竜の肉体が凍結していく。

「ガアアッ!!」

反対の手を使って突き刺さった氷を弾き飛ばしたが、すでに火竜の右腕は凍りつき、氷に触れた左の手も凍結していた。

火竜は火炎を吐いて溶かそうとしたが、消耗のためそれもままならない。

「まだまだっ……この数はどうだ!?」

「ガアッ……!?」

ルノは手のひらを前に出して四つの螺旋氷弾を生みだし、そのまま放った。

「どりゃあっ!!」

「グガアアアッ……!?」

螺旋氷弾が次々と火竜の肉体に突き刺さり、同時に凍らせていく。火竜は暴れ回ったが、それによって凍った肉体がひび割れていってしまう。

「ウガァアアアッ!?」

「……こいつもくらえっ!!」

さらにルノは雷属性の強化スキル「紫電《しでん》」を解放し、紫色の電撃を放つ。速度の速い電撃を、追い詰められた火竜が避けられるわけもなかった。

「アガァアアアアッ……!?」

「まだ生きてるな。あと少しだと思うんだけど……」

複数の強化スキルを使用しているにもかかわらず、火竜は生き延びていた。

ルノはそんな火竜を見つめながら、額から汗を流す。だいぶ魔力を消耗しているため、次の魔法で確実に仕留める必要があった。

ここでルノは、さらに強化スキルを解放する。

「これで良し……いくぞっ!!」

「アアアアアッ……!!」

身悶《みもだ》える火竜をこれ以上苦しませずに倒すため、ルノは火属性の強化スキルである「灼熱《しゃくねつ》」を解放した。そして手のひらを構え、火属性、闇属性、風属性の一撃を放つ。

「黒炎槍!!」

ルノの手のひらから黒い火炎の槍が放たれ、火竜の頭部を呑み込む。

先ほどの黒炎槍と、その威力は段違いであった。火属性に耐性がある火竜の頭部を消し飛ばし、さらに胴体を貫いたのだ。

そのあまりの威力にルノは戸惑っていた。強化スキルの組み合わせにより、彼の想像を絶する威力を引きだしてしまったらしい。

「これはまずいな……絶対に人間相手には使えないよ」

**《「闇夜《やみよ》」の熟練度が限界値に到達しました。これにより強化スキル「漆黒《しっこく》」が解除されます》**
**《すべての属性の強化スキルが解除されました。これにより「初級大魔導師」の称号を得ました》**

「おおっ!?」

火竜を倒したことで「闇夜」の熟練が上昇し、ついに闇属性の強化スキル「漆黒」を手に入れた。これですべての強化スキルを習得したことになる。

さらには初級大魔導師という謎の称号を得た。

「あ、しかもレベルが85にまで上がってる!!　火竜ってそんなにやばい奴だったのか……」

70レベルを超えれば、歴史に名を遺《のこ》す「英雄」になれると言われている。ルノは異世界にやって来てからたった数か月でその領域に達してしまったのだった。

×××

ルノが火竜と戦闘を繰り広げている頃、バルトスとリーリスは負傷した兵士達を治療し、一休みしていた。

二人は騒動の黒幕について話し合う。

「この武器庫が真っ先に襲われたことが気になるのう」

「竜種はそんなに頭が良くないですからね。偶然ではないのでしたら、どうやって……」

「バ、バルトス様!!」

そこへ、武器庫の残骸《ざんがい》を撤去していた兵士の一人が声を上げた。その手には、髑髏《どくろ》の形をした水晶が握られている。

バルトスとリーリスはそれを見て、大臣デキンが持っていたペンダントを思いだした。魔人族《デーモン》であったデキンは、髑髏のペンダントによって見た目を変えていたのだ。

「……もしや魔王軍か？」

「ちょっと貸してください……う、これはまずい代物ですよ」

即座に「鑑定」の能力を発動させたリーリスは顔をしかめる。この水晶は魔道具で、魔物を引き寄せる力を持っていた。

「魔物を刺激する匂いを放ちます。私達は何も感じませんけど、嗅覚が鋭い魔物ほど興奮するようですね。つまり、火竜がここを襲ったのは偶然ではないでしょう」

「ということは……兵士の中に魔王軍の間者《かんじゃ》が……!?」

バルトスがそう言うと、兵士達が驚いて視線を向けてくる。

リーリスは髑髏を布で包み、そしてゆっくりと告げる。

「ここにいる兵士を全員集めましょう。この騒ぎの中、姿を消した人はいますか？」

兵士達は周囲を見回してあたふたしている。しばらくして、兵士達の中の一人が言いにくそうに口を開いた。

「あ、あの……実は兵隊長の姿が見えないんですけど……」

「そういえば……どこにも見えないな」

他の者達も隊長が消えたことに気づきキョロキョロしだすと、リーリスが質問を向ける。

「この武器庫は普段、誰が管理しているんですか？」

「えっと……少し前までは交代制で全員がやっていたんですが、最近は兵隊長が進んで見ていました」

「そういえば勝手に入ると、滅茶苦茶怒られたよな。昔は出入りしても何も言わなかったくせに」

　バルトスが兵士達に尋ねる。

「その隊長の住んでいる家は分かるか？　家族を知っている者はいるか？」

「いえ……隊長はこの砦で寝泊まりしています。家族は二年くらい前に火事で亡くなって……それ以来厳しくなられて……」

「ふむ……」

　バルトスはリーリスに振り返り、無言で頷く。二人は、隊長が魔道具を武器庫に仕掛けたのだろうと判断した。

　しかし気になるのは、どうして隊長がそのようなことをしたのか、である。

　リーリスが尋ねる。

「それ以外に、隊長に変わったことはありますか？　大きな借金をしていたり、今までとは違う性格になったりとか……」

「いや、そう言われても……厳しい方ではありましたが」

「あ、だけど最近は妙に甘くなってなかったか？　武器庫の出入りには相変わらず厳しかったけど、他の問題は割と見逃してくれたよな。仕事中に酒を飲んでも怒らなかったし……あっ」

「ほう、勤務中に酒か」

　バルトスが眉をひそめる。

「も、申し訳ありません!!」

リーリスが気になるのは、武器庫に入ること以外の問題行動を見逃していたという点だ。彼女は兵士の宿舎に視線を向ける。

「隊長は家族を失ってからここに住んでいたんですよね？　隊長の部屋まで案内してもらえますか？」

「あ、はい!!　どうぞこちらへ!!」


兵士は二人を兵隊長が使用している宿舎の個室に案内し、鍵を開けて部屋の中に入れた。部屋の中は綺麗に掃除されており、特に変わった様子はない。

周囲を見渡しながらバルトスが呟く。

「ここが隊長の部屋か？　特に怪しい物は見当たらないが……」

「あれ？　おかしいな……」

案内した兵士は、部屋の様子に首を傾げている。

「どうした？」

「いえ、自分が前にこの部屋を訪れたときは、ここまで整理されていなかったはずですが……一か月ぐらい前はもっと散らかっていました。隊長、掃除嫌いのくせに部屋に入られるのをすごく嫌がっていて……」

それでピンと来たリーリスが言う。

「なるほど……武器庫の出入りを禁じる、問題行動を見逃す、そして綺麗に掃除された部屋……当たりですね」

「すぐに砦の捜索を行え!! 他に何か手がかりが残っているかもしれん!!」

バルトスがそう言うと、兵士は慌てて従った。

「は、はい!!」

こうして調査が開始されたのだが、リーリスの本命はこの部屋だった。彼女は直々に部屋の中を調べることにした。

× × ×

ルノは火竜の死骸《しがい》の上に立ち、どう取り扱うか悩んでいた。

これほどの大物なので素材が貴重なのは間違いないが、何分大きすぎる。「氷塊」の魔法や収納石を利用したとしても、すべて運ぶのは難しいと思われた。

「う〜んっ……爪とか鱗とか使えそうなんだけどな」

頭部は消失してしまっているが、それでも素材はたくさんある。並の金属よりも頑丈な爪や鱗の類《たぐい》は、いろいろな用途がありそうだった。

だがルノが気になるのは、経験石があるかどうかである。

「経験石だけでも回収しておきたいな。これだけ大きいんだから、すごい経験石が手に入りそうなんだけど……見つけたらドルトンさんに持っていってあげよう」

ルノはお金に困っていないため、いろいろと世話になっているドルトンの店に火竜の素材を持ち込もうと考えていた。

回転氷刃で胴体を切り裂き、素材を剥ぎ取りながら体内を調べていく。胸元を切り開くと巨大な物が出現した。

「うわっ、びっくりした!! もしかしてこれが経験石なのか?」

現れたのは、二メートルを超える巨大な赤い物体だった。試しに手のひらをかざすと、強い熱気を放っている。

おそらく火竜の経験石だと思われるが、これまで見た経験石とはサイズが明らかに違う。相当な経験値を蓄積していることが予想された。

「う~んっ……これはさすがに『氷塊』で持ち帰るのは面倒だな。収納石に入るといいんだけど……」

発見した火竜の経験石に向けて、ルノは右腕の収納石のブレスレットを発動させてみる。すると、どうにか異空間に回収できた。

しかし、鱗や爪も回収しようとしたら重量制限を迎えてしまい、勝手に異空間の出入り口が閉じてしまった。

「あ、これ以上は入らないのか……仕方ない、運搬するための乗り物を『氷塊』で作るかな。レベルも上がってるし」

複数の大型トラックを生みだそうとしたとき、不意に死骸の首に何かが光っていることに気づく。

「何だこれ……刃？」

落ちていたのは黒い剣だった。

ルノは触れるのは危険と判断し、氷の腕鉄甲《うでてっこう》を作って慎重に拾い上げる。

見た目は黒い短剣だが、相当な業物《わざもの》の風格がある。試しに火竜の死骸に突き刺すと、易々と硬い鱗を貫いてしまった。

「普通の金属じゃないな……すごく硬い」

なぜ火竜の首に刺さっていたのか不明だが、念のために回収しておく。火竜が唐突に現れた手がかりになるかもしれない。

その後、火竜を運びだす前に、ルノは一度街に帰ることにした。

バルトスとリーリスと合流し、移送部隊に戻ろうと決めたのだ。しかしやっぱり、火竜の死骸を放置して大丈夫なのかと不安を覚える。

「魔物が死骸を狙う可能性もあるな……しょうがない、面倒だけど持って帰るか」

そこで、ルノはある考えを思いついた。

そうして「氷塊」を発動させ、火竜を運搬するために氷像を作り上げていった。

×××

一方その頃、ルノが成長させた植物に拘束されていたオオツノオーク達が解放されだした。ルノ達が通り過ぎてから、すでに一時間以上経過している。

オオツノオーク達が、親であるオークロードの亡骸《なきがら》に集まる。

「ブヒィイイイッ!!」

「プギィイイイッ!!」

オオツノオーク達は親の死を悲しんでいたわけではない。死骸に群がった彼らは、その死体を食い始めた。

「プギィッ!?」

しばらくして彼らは、森の奥から何かが近づいていることに気づく。彼らの全身の毛が総毛立ち、恐怖で失禁《しっきん》する者もいた。

その存在が姿を見せる。

「ふんっ、わざわざここまで連れてきたのに、この結果か……役立たずが」

「プギィッ……!?」

「ブ、ブヒヒッ……!!」

現れたのは、全身が灰色の鱗で覆われた人型の生物である。背丈は人間の成人男性ほどで、尻尾が生えている。顔は蜥蜴《とかげ》そのものだった。

蜥蜴人間の登場に、オオツノオーク達は怯えきっている。

「まあいい……こいつだけでも無事なら良しとするか」

蜥蜴人間はオークロードの死骸に近づき、手を伸ばして中の肉をあさった。そして血塗《ちまみ》れの経験石を取りだす。

そのままそれを丸呑みすると――蜥蜴人間の肉体に異変が生じる。

「ブヒィッ!?」

「ブヒヒッ!?」

ざわめくオオツノオーク達。

蜥蜴人間の全身がわずかに膨れ上がった。目を血走らせた蜥蜴人間は、自らを抱きしめるように肩に両手の爪をくい込ませて耐え続ける。

数秒後、蜥蜴人間の身体の震えが収まった。

「ふうっ……まあまあだな、ふんっ!!」

身体の動きを確かめるように蜥蜴人間は首を鳴らし、近くにいたオオツノオークに向けて腕を振った。

オオツノオークの頭部が吹き飛び、血飛沫《ちしぶき》が上がる。

その光景を目の当たりにして、オオツノオーク達は恐慌状態に陥る。蜥蜴人間は腕にこびりついた血を舐め取った。

「ふむ……外見は醜《みにく》いが、味は悪くないな」

「プ、プギィイイイッ!!」

「おっと、そうはさせん」

オオツノオークの大群が逃げだそうとすると、蜥蜴人間は口を大きく開き、火竜のごとく炎を吐きだす。

「アガァアアアアアアアアアッ!!」

竜種のような咆哮が響き渡り、猛火は逃げ惑うオオツノオーク達を瞬時に呑み込んだ。

「プギャアアアアアアアッ……!?」

百体を超えるオオツノオークが燃え盛っている。

しかし、蜥蜴人間は炎を吐き続けるのを止められない。オオツノオークが完全に炭になるまで炎を放射し続けるのだった。

「フゥッ……ちっ、やりすぎたか。やはり、この状態では加減が分からんな」

蜥蜴人間は黒焦《くろこ》げの残骸に視線を向け、ため息を吐きだす。そうして、首から下げた髑髏のペンダントを忌々《いまいま》しげに掴んだ。

「ふんっ!!　ぐぐっ……くそっ!!」

破壊しようとするが——力を込めようとすると髑髏の瞳が光り、蜥蜴人間の手から力を奪ってしまう。

喉の渇きを覚えた蜥蜴人間は、手についたオオツノオークの血を舐めた。

「あの人間めっ……必ず殺してやる」

蜥蜴人間はそう口にするのだった。

×　×　×

リーリスとバルトスは兵士達に話を聞いて回り、兵隊長の動向を調べ上げた。

その結果、兵隊長が武器庫に髑髏形の魔道具を設置していた可能性は高く、火竜を引き寄せた犯人と見て間違いないようだった。

神妙な面持ちのバルトスがリーリスに向かって言う。

「むうっ……犯人は分かったものの、どうも様子がおかしいのう」

「兵隊長が何者かと入れ替わっていた、そう考えるしかありませんね。性格が変化した、武器庫への入室を突然禁じた、潔癖症《けっぺきしょう》のように自分の部屋の掃除をするようになった……あまりにも怪しさ満点です」

「それはそうと、兵隊長はいつの間に抜けだしたのじゃ？　我らが訪れたときはいたはずじゃが……」

火竜が出現する前、兵隊長はリーリス達と会話をしていた。どうやら、どさくさに紛れて逃げだしたようだった。

リーリスが思いだしたように言う。

「ところでルノさんはまだ戻ってこないんですかね？　無事だといいんですけど……」

「そ、そうじゃった!!　ルノ殿は大丈夫なのか？」

ルノが飛びだしてから三十分近く経っている。まだ戻ってこない彼に、二人が心配しだすと、武器庫の撤去作業を行っていた兵士達が騒ぎ始める。

「あ、あれは……!?」

「た、大変です!!」

バルトスが兵士達に尋ねる。

「今度はどうした!?」

「りゅ、竜がっ……火竜が近づいています!!」

「ええっ!?」

兵士の言葉に、リーリスとバルトスは空を見上げる。

接近する巨大な影があった。その影は、兵士が言ったように先ほどの火竜と瓜二つの容姿をしていたものの、全身が青かった。

新たな竜の登場に兵士達は慌てふためき、バルトスとリーリスも冷や汗を流す。そのとき、リーリスが気づく。

「あれ、あれって……」

「何を呆《ほう》けておる!!　お主も将軍ならば戦う準備を……」

「いえ、よく見てください。頭の上に乗ってるの……ルノさんじゃないですか？」

「はっ⁉」

バルトスは年老いているとはいえ目は悪くない。接近してくる青い竜に視線を向けると、確かに頭部にルノの姿があった。

ルノがみんなに声をかける。

「あ、皆さん!!　もう大丈夫ですよ!!」

「ルノ殿⁉」

「ちょ、何ですかそれ⁉　今度は竜まで手懐《てなず》けたんですか⁉」

バルトスとリーリスが驚いていると、ルノは竜を示しながら言う。

「違う違う!!　よく見てよ!!」

巨大な青い竜に乗ったルノが両手を振り、砦の前に着地した。

その光景に誰もが呆然としていたが、当のルノは竜の頭部から飛び降りると、バルトスとリーリスのもとに駆け寄った。

「いや、さすがに死ぬかと思いました。今回ばかりはかなりまずかったです」

「あの、その話も詳しく聞きたいところなんですけど……とりあえずは、これのことを説明してくれませんかね？」

「い、いったい……何なんじゃ？」

リーリスとバルトスは、ルノが騎乗してきた青い竜に視線を向け、どうして彼が竜を従えているのかを問う。

そこで、リーリスは違和感を抱く。

「あれ？　この竜……もしかして……氷？」

「氷じゃとっ⁉」

「正解。これ、氷で作りだした竜なんです」

ルノが乗り物として利用した青い竜の正体は「氷塊」で作りだした竜の氷像であり、内部には火竜の死体が保管されていた。

ちなみに火竜の頭部は完全に失われていたため、氷で一から作ってある。

「いや、本当に大変だったよ。どうにかここまで持ってきたけど、これはどうしたらいいかな？」

「どうにかって……本当にすごいですね、ルノさんは……」

「か、火竜を氷漬《こおりづ》けじゃと……そんなことができるのか……!?」

リーリスとバルトスに続いて、兵士達が騒ぎだす。

「ゆ、勇者だ……勇者様が召喚されていたんだ」

「し、信じられない……まさか竜種を倒す人間がいるなんて!!」

「勇者なんておとぎ話だと思ってたよ……」

リーリスが、ルノの乗ってきた竜に視線を向けながら言う。

「火竜を倒しただけではなく、こんな巨大な氷で包んで持ち帰るなんて……本当にルノさんは規格外ですよ。もうさすがルノさん、さすルノですよ。さすルノ!!」

「何それ？　どういう意味？」

戸惑うルノに、バルトスがため息交じりに尋ねる。

「ま、まあ……無事で良かったのう。その、聞きたいことがあるんじゃが……奴はもう死んでおるのじゃろうな？」

「死んでますよ。やっぱり凍らせないほうが良かったですか？」

「い、いや。そういうわけではないが……」

あまりにも精巧な氷の竜を見て、バルトスは冷や汗を流した。氷の竜から、今にも動きだしそうな気配を感じたのだ。

ルノはリーリスに尋ねる。

「これ、どうしたらいいですかね？　帝都に持ち帰りますか？」

「こんなのを帝都に持ち込んだら、大混乱が起きますよ」

「それもそうか……」

そこへ、バルトスが呆れつつ言う。

「ま、まあ……氷の竜のことは後にして、一度移送部隊に戻らぬか？　他の者も待ちくたびれておるだろう」

ルノとリーリスは頷き、移送部隊まで引き返すことになった。

バルトスとリーリスには大型の氷車に乗ってもらい、ルノは氷の竜――氷竜《ひょうりゅう》に乗ると、氷車を載せて飛んでいった。

ルノのレベルが上がったことでルノの魔法の力が上昇し、時速三百キロを超える速度で移動することができた。

# 2

時を少しさかのぼり、ルノ、リーリス、バルトスが砦に到着した頃。

彼らの抜けた移送部隊でもトラブルが起きていた。街に向けて草原を移動している際中、コトネが異変を感じ取った。

「……これは」

「ぷるぷるっ」

馬車の屋根の上でスライムのスラミンと戯《たわむ》れていたコトネの声を聞き、帝国四天王の老剣士ギリョウが振り返る。

「む？　どうした？」

コトネは即座に馬車から飛び降り、耳を地面に押しつける。

そして彼女にしては珍しく険《けわ》しい表情を見せた。

「……何か近づいている。大きくて……たぶん、すごくやばいのが……」

ギリョウ、帝国四天王の魔術師ドリア、スラミンが反応する。

「何じゃと？」

「それは本当ですか？」

「ぷるぷるっ!!」

探知能力に関しては、コトネの右に出る者はいない。しかし警戒して周囲を見渡しても、コトネが言うような存在は確認できなかった。

皆が戸惑っていると、コトネがぼそりと言う。

「……地上から近づいてくるんじゃない。地面……地中から接近してる」

「地中？　まさか!?」

「いかん!!　馬車から全員離れろっ!!」

ドリアとギリョウは、接近しているという存在の正体に勘づき、慌てて兵士達に命令した。兵士達は怯えながら馬車から離れていく。

ギリョウが護送中の森人族《エルフ》達の乗る馬車に向かう。馬車の扉を乱暴に開くと、森人族《エルフ》達は皆一様に唖然としていた。

「お主達も出ろ!!　死にたくなければ急ぐのじゃっ!!」

ギリョウがそう叫んだものの、全身を拘束された王子のデブリは、同じように拘束されているハヅキの膝枕で呑気《のんき》に眠りこけている。

「……ふがっ⁉　な、何だ……もう着いたのか？」

目を覚まして間もないデブリを、ギリョウは強引に抱えた。

そしてハヅキに告げる。

「外に出ろ‼　足は自由に動かせるじゃろう‼」

「……分かった。おい、皆動けっ‼」

ハヅキが他の森人族《エルフ》達に向かって叫んだものの、彼らは何が起きているのか分からずパニックになるばかりだった。

「何なんだいったい……」

「まさかこの場で我らを処刑する気じゃ……」

なかなか動こうとしない森人族《エルフ》達を、ギリョウは一喝《いっかつ》する。

「やかましい‼　早くせぬと全員死ぬぞっ‼」

何とか森人族《エルフ》達全員を馬車の外に出し終えると、ギリョウはデブリを肩に担いだままロプスに近づく。

「サイクロプスよ‼　こいつを儂の代わりに預かってくれんか？」

「キュロ？」

「え、ちょ、待って⁉　こんな化け物と一緒に……うわぁあああっ⁉」

ロプスが不思議そうな表情を浮かべながらもデブリを受け取る。ギリョウは仕込み杖から刃を引き抜き、馬車に視線を向けた。

「……来る‼」

そして十数秒後、地面に地震のような振動が走り――


「シャアアアアアアッ‼」


馬車を吹き飛ばして出現したのは、茶色い鱗に覆われた巨大生物だった。大きな蜥蜴のようなその魔物を目撃した兵士達は悲鳴を上げた。

「うわあああっ⁉」

「な、何だ⁉」

「これは……オオツチトカゲだ‼ 何でこんな場所に……」

「お、おおっ‼ こ、こいつは……‼」

「王子、危険です‼」

混乱を起こす兵士達に反し、デブリはなぜか目を輝かせていた。そしてロプスの手から逃れ、芋虫のように這ってオオツチトカゲに向かっていく。

止めようとするハヅキの手を払いのけ、デブリは叫ぶ。

「お、おい‼ お前には見覚えがあるぞ‼ リディアの奴が飼っていたペットだな‼ 僕を助けに来て……」

「シャアッ!!」

「ひいいっ!? な、何でっ!?」

「これ、何をしておるか、馬鹿者がっ!!」

オオツチトカゲは近寄るデブリに襲いかかったが、ギリョウがデブリを引き寄せ、すんでのところで食われるのを免《まぬが》れた。

デブリは目を白黒させている。

「な、何で……ぼ、僕を忘れたのか!! ほら、お前の主人の友達のデブリだぞ!? 前に餌《えさ》もやっただろう!?」

「何を訳の分からんことを言っている!! 早く下がれ!!」

「王子、こちらに!!」

「あ、ああっ……」

ギリョウはデブリを護衛に向かって突きだす。

オオツチトカゲにはロプスとルウが対処していた。彼らは前に出ると、威嚇《いかく》するように鳴き声を上げる。

「ガアアアアッ!!」

「キュロロロロッ!!」

「シャアアアッ!!」

自分達よりも巨体のオオツチトカゲに対し、ロプスとルウは一歩も引かない。一方オオツチトカゲも怯《ひる》む様子はなかった。

周囲を黒狼達が取り囲み、魔物達が威嚇し合う光景を見て、ギリョウは息を呑む。

「すごいのう……」

「ギリョウ将軍!! ここは私にお任せくださいっ!!」

ギリョウに声をかけたのはドリアである。彼は砲撃魔法《ほうげきまほう》を放つ準備を整えると、オオツチトカゲに向かって氷属性の矢を放った。

「くらえっ!! 『アイスアロー』!!」

「シャアッ!!」

「何っ!?」

しかしオオツチトカゲは、先ほど出てきた穴に身を隠して回避してしまう。そこへ、ロプスがやって来る。

「キュロォオオオオッ!!」

「ちょ、何をする気じゃ!?」

馬車の残骸を持ち上げたロプスは、オオツチトカゲが潜《もぐ》った穴にそれを投げ落とした。

しばらくの間、静寂が訪れる。

「……出てこんのう」

「仕留めたのでしょうか？」

「グルルルッ……!!」

ルウが鼻を鳴らしながらゆっくりと穴に接近する。穴を覗き込んだルウは不思議そうに首を傾げた。

「ウォンッ!?」

「ど、どうしたのじゃ？」

「キュロロッ？」

続いて、ロプスがルウのもとに近づく。ロプスは穴を覗くと、ギリョウのほうに顔を向けて首を横に振った。

二体の反応がよく分からないので、ギリョウ自ら穴の底を確認する。

オオツチトカゲの姿は完全に消えていた。その代わりに、底には横に掘り進めたような穴ができている。

「まさかっ……いかん!!　他の馬車が狙われる!!」

「「「えっ……」」」

ギリョウの言葉に、兵士達は馬車のほうに視線を向ける。

ちょうどそのとき、最後尾の馬車が止まっている辺りの地面が盛り上がり、地中からオオツチトカゲが現れた。そのオオツチトカゲは馬に噛みつく。

「ヒヒィンッ!?」

「アガァアアッ!!」

オオツチトカゲは馬の頭を噛み千切ると、続けてもう一頭の馬を押し潰した。

ギリョウは刀を構えて走りだし、オオツチトカゲの頭部に向けて刃を振り下ろす。

「このっ!!」

「シャアッ!!」

「ぬうっ!?」

しかし刃が頭部に届く寸前に、オオツチトカゲは再び地面に潜ってしまう。そうして素早く地中を移動していく。

杖を構えたドリアが盛り上がる地面に視線を向けた。

「このっ……『アイシクルランス』!!」

ドリアの杖から、ルノの「螺旋氷弾」と似た大きな氷の塊が放たれる。

「シャアアアッ!?」

「よくやった、ドリア……ぬんっ!!」

ドリアの魔法が命中して地上に現れたオオツチトカゲに、ギリョウが接近する。そしてその頭部に向けて刃を突き刺した。

「アガァッ……⁉」

刃はオオツチトカゲの脳に達した。ギリョウが刀を引き抜くのと同時に、オオツチトカゲの巨体が派手に倒れる。

ギリョウは冷や汗を流しつつ言う。

「ふうっ……何とかなったな」

「お見事です、老将軍‼」

「「「四天王万歳‼」」」

兵士達が歓声を上げてギリョウに駆け寄る。

その一方で、デブリはなぜか残念そうにしていた。

「あ、ああっ……リディアのオオツチトカゲが……あいつ、きっと悲しむぞ」

「王子、落ち着いてください‼　あれはきっと違います」

「違う？」

デブリとハヅキの会話を耳にしたギリョウは訝《いぶか》しみ、睨みつけながら尋ねる。

「お主ら、何か知っておるのか？」

「えっ⁉　し、知っているわけないだろ‼　馬鹿じゃないのお前っ…」

「王子……」

「分かりやすい奴じゃのう……さあ、隠していることを話せ」

不審な態度を取るデブリに、ギリョウはため息をつく。すでにデブリの周りは、黒狼が取り囲んでいた。

「ウォンッ!!」

「ガアアッ!!」

デブリは怯えて声を上げる。

「ひいっ!? わ、分かった!! 言うからその狼達を近づけさせないでくれよ!!」

「黒狼が勝手に動きだしてしまったか……困ったのう。ルノ殿がおらんから言うことを聞いてくれるかどうか。お主ら、少し下がってくれんか?」

ギリョウは黒狼に向かってそう頼んだが、彼の懸念通り黒狼達は言葉を解さず首を傾げる。

「クゥンッ?」

「キュロロッ」

そこへロプスが現れ、黒狼達に離れるように指示を出した。黒狼達はそれで分かったようで、素直に従って下がっていった。

ギリョウがデブリに近づくと、森人族《エルフ》の護衛がそれを阻《はば》む。

「王子に何をする気だっ!?」

「何もせん。だから邪魔するな」

ギリョウに掴みかかろうとする森人族《エルフ》に、今度は帝国の兵士達が集まる。

「将軍から離れろっ‼」

「く、放せっ……‼」

「ひ、ひぃいっ……‼」

混乱しだしたその場に、ハヅキが割って入る。

「ギリョウ殿、待ってくれ、俺が説明する」

「ふむ……良かろう」

ギリョウは頷き、彼から事情を聞くことにした。だがその前に、デブリを馬車で待たせるように兵士達に指示を出す。

「王子を馬車に移動させろ。丁重にな」

「ま、待てよ‼　せめてこの縄をほどいてくれないか‼　もう逆らわないから……うわぁっ⁉」

「キュロロッ」

兵士の代わりにロプスがデブリを持ち上げ、馬車に中に放り込んだ。

ギリョウはため息をつくと、ハヅキと向かい合う。

「……それではハヅキ殿、聞かせてもらおうか」

「あ、ああ。我々の国で最近将軍になったリディアという女性がいる。彼女は魔物使いなんだが、王子はその影響を受けて珍しい魔物を飼うようになったのだ」

「そのリディアとこのオオツチトカゲに、何の関係があるのだ？」

「リディア将軍は、オオツチトカゲを飼っているんだ。王子は将軍が飼っている個体と勘違いし、助けに来てくれたと思っていたようだ」

「なるほどな。確かに、帝国とエルフ王国が王子を引き渡す話を進めておる今、わざわざ奪還するはずもない……」

そこへ、唐突にルウが唸り声を上げる。

「グルルルッ……‼」

ギリョウが振り返ると、他の黒狼達も同じように叫びだした。

「ガアアッ‼」

「ウォンッ‼」

「ワォンッ‼」

騒ぎだした黒狼の群れを見て、兵士達は混乱しだす。ギリョウとドリアは冷静さを保ちながらも危機感を覚えていた。

「な、何だ⁉」

「どうしたんだ⁉」

「むうっ……⁉」

その場にいた者達が、王子の乗った馬車を中心に集まると、ロプスが上空を指さす。

「キュロロロロッ‼」

「何じゃ!?」

全員が空を見上げると、上空から影が近づいてきているのが分かった。

最初は大きな鳥かと思われたが——やがて姿を現したのは、翼を生やした蜥蜴のような生物だった。

ギリョウとドリアが同時に声を上げる。

「ワイバーン!?」


「シャオオオオオオッ!!」


ワイバーンは火竜と同じ竜種である。彼らの目の前に、巨大な翼を大きく広げた蜥蜴が静かに降り立つ。

「キュロロロロッ!!」

「グルルルッ……!!」

兵士達が困惑するなか、ロプスとルウが前に出る。

一方、ギリョウとドリアは無意識に後退していた。

バルトロス帝国にはワイバーンは棲息していないはずである。火竜よりも下位の竜種だが、それでも脅威であることに間違いない。

「シャアアッ!!」

「キュロロッ!!」

ワイバーンが襲いかかろうとしたのを察知し、ロプスが全員を庇う。

しかし、魔人族《デーモン》の中でも飛び抜けた頑丈さを誇るサイクロプスでさえも、ワイバーンの一撃で呆気なく吹き飛ばされてしまう。

「キュロォッ……!?」

「ウォオオンッ!!」

すぐさまルウが駆けだし、背中でロプスを受け止める。だが、ルウではロプスを支えきれず、地面に叩きつけられる。

「ガアアッ!!」

「ウォンッ!!」

黒狼達が次々とワイバーンに突っ込んでいく。

「だめじゃ!!　お主らの勝てる相手ではない!!」

「老将軍!!　だめです!!」

ギリョウが黒狼達を止めようとするが、兵士に押さえつけられる。

「シャオオオオオオオオッ!!」

ワイバーンが凄まじい咆哮を放った。人間よりも遥かに鋭い聴覚を持つ黒狼種は、失神するように地面に転がった。

ギリョウは耳を押さえながら疑問を抱く。

ワイバーンの戦い方に違和感を覚えたのだ。

(何じゃこいつは……まるで黒狼種の弱点を知っているかのように行動しておる。竜種にそれほどの知能があるなど……!!)

ギリョウはドリアに視線を向ける。

「ドリア!! 奴に魔法を……!!」

「ううっ……み、耳がっ……」

ワイバーンの近くにいたドリアは、両耳を押さえてうずくまっていた。他の兵士も咆哮により動けそうにない。

ギリョウは自分だけが動けることに気づく。

「ふっ……まさか、耳が遠くなったことが幸いするとはな」

「シャアアッ」

「何じゃ、その目は?」

自嘲《じちょう》気味《ぎみ》に笑ったギリョウを、ワイバーンは舌を出して観察していた。

襲ってこようとしないワイバーンに、ギリョウは疑問を抱きつつも、時間を稼ぐ方法を考える。ルノが来るまで耐えようと思ったのだ。

そこへ何者かが話しかけてくる。

「……大丈夫？」

「ぬおっ⁉　お、お主も無事だったのか」

ギリョウが振り返ると、コトネがスラミンを抱いて立っていた。

「……何とか」

コトネも、ワイバーンの行動の違和感に気づいていた。コトネがギリョウに告げる。

「お爺ちゃん」

「おじっ……まあ、構わんが。何じゃ？　さっきの咆哮で少し耳がおかしくなっとるから、できればもう少し声を大きくしてくれんか」

「それはだめ。敵に聞かれる」

「敵？」

ギリョウはコトネがワイバーンのことを言っているのかと思ったが、彼女は黙って首を横に振り、スラミンを前に出す。スラミンは身体を変形させて、地面を指さす矢印になった。

ギリョウはよく分からず、声量を抑えてコトネに尋ねる。

「いったいどういうことじゃ？」

「さっきのオオツチトカゲも、ワイバーンもむやみに暴れないで馬車だけを襲っている。きっと、何かを狙っている」

「……王子か」

「しっ」

「シャアァッ……!!」

ワイバーンは声を上げたものの襲ってくる気配はなく、周囲を見渡している。ギリョウは不審に思いつつコトネに質問する。

「そのスライムは何を伝えようとしておる?」

「この近くに誰かいる。それもすごく近くに……私も気配を感じる」

「なるほど……そやつが黒幕か」

ギリョウはそう口にすると、先ほどのハヅキの言葉を思いだす。

「そうか……魔物使いがこの近くにいるのじゃな？　だから奴らは馬車を狙って……いや、待て。やはりそれはおかしいな」

仮にそうだった場合、王子をはじめとした森人《エルフ》族の救出が目的だろう。

だがそうなると、会談間近に襲撃した意味が分からない。また、王子の乗る馬車の確認もせずに馬車を破壊したことに説明がつかない。

しかも、オオツチトカゲはデブリを食い殺そうとしていた。ギリョウが彼を助けなければ、間違いなく殺されていただろう。

ギリョウは推測を口にする。

「まさか。黒幕の狙いは……王子の殺害か？」

「分からない。どちらにしても、ワイバーンがたまに暴れてしまうところを見ると、完全に操りきれてはいないんだと思う。もし操れていたら、今頃私達は全員殺されているはず」

「そうじゃな……そういえば、馬車に入っていない森人族《エルフ》がいるが、ワイバーンはそいつらに興味がないようじゃのう」

ギリョウが視線を向けると、森人族《エルフ》は地面に倒れたままだった。

「ううっ……」

「み、耳がっ……!?」

森人族《エルフ》は人間よりも聴覚が鋭いため、ワイバーンの咆哮に耐えられなかったようだ。その中にはハヅキの姿もあった。

「キシャアッ!!」

「くっ……いかん。奴め、そろそろ動きだすようじゃぞ」

ワイバーンは首を動かし、苛立った仕草を見せ始めた。

ギリョウは冷や汗を流し、コトネに尋ねる。

「敵の位置は分からんのか？」

「スラミンはずっと地面を指さしてる……オオツチトカゲが移動するときにできた空洞にいるのかも」

「な、何じゃと……⁉」

地中の穴がどうなっているか分からず、ギリョウは穴に視線を向けた。

「いったいどうすれば……」

「私なら魔物使いを捕まえられる……『暗視《あんし》』のスキルを持ってるので暗くても大丈夫。魔物使いは魔術師だから運動能力は低いはず……魔術師の中にも例外はいるけど」

「なるほど、ここはお主に任せるしかないか」

「ぷるるんっ‼」

コトネの代わりに、スラミンが自信ありげに反応する。

「ふっ……頼もしいのう。ならばこの老兵も力を貸そう」

ギリョウはワイバーンに視線を向ける。コトネが魔物使いを捕まえるまでの間、命を懸けてワイバーンの注意を引こうと考えたのだ。

穴に向かっていったコトネを見送った後、ギリョウはドリアに声をかける。

「いつまで寝ておる‼　お主、それでも誇り高き帝国軍人か⁉」

「ぐっ……⁉」

ドリアはふらつきながら立ち上がる。どうにか戦えそうだと判断したギリョウは、杖を構えてワイバーンに向けて走りだす。

「いくぞっ!! 儂の死《し》に様《ざま》、記憶に刻み込め!!」

仕込み杖の刃を抜き放ち、ギリョウはワイバーンに斬りかかる。ワイバーンはギリョウに向けて右腕を振り下ろした。

その瞬間、ギリョウは封印していた能力を発動させる。

「『肉体強化《アクセル》』!!」

「シャアッ……!?」

ワイバーンの目の前でギリョウの姿が消えた。ワイバーンが気づいたときには、彼はすでに懐《ふところ》に入り込んでいた。

身体能力を限界まで上昇させるスキル「肉体強化《アクセル》」を発動させたギリョウは、全身の血管を浮き上がらせながら渾身《こんしん》の一撃を放つ。

「『居合《いあい》』!!」

「シャアアアアッ!?」

ワイバーンの首筋に血飛沫《ちしぶき》が舞い上がった。

ギリョウは笑みを浮かべ、その場に膝から崩れ落ちる。若い頃は使用できたスキルだが、老いて衰えたギリョウの肉体は耐えることができなかった。

「後は頼んだぞ……ドリアよ」

「ギリョウ様ぁああああっ‼」

「シャアアアッ……‼」

倒れたギリョウに、ワイバーンは怒りの表情を向ける。

残念ながら、ギリョウの一撃を受けてもワイバーンはそれほどダメージを受けていない。ゆっくりと身体を起こしたワイバーンが、ギリョウを踏み潰そうとする。

ドリアが杖を構えて魔法を発動しようとしたとき——ワイバーンに近づく影があった。

「キュロロロロロッ‼」

「ガアアアアアッ‼」

ロプスとルウである。

彼らは同時にワイバーンに体当たりし、その巨体をわずかに傾かせる。続けてロプスはワイバーンの尻尾を掴み、ルウはギリョウが傷つけた首筋に噛みついた。

「お、お主ら……⁉」

ギリョウが声を上げる。

「キュロロロロッ‼」

「ググウッ……‼」

「シャアアッ……‼」

ワイバーンは必死に暴れて、二体を振りほどこうとするが、ロプスとルウの二体を同時に相手取るのは容易ではない。

ギリョウは身体を震わせながら起き上がる。

「す、すまぬ……!!」

「老将軍をお救いしろっ!!」

「我らの命も将軍とともに!!」

兵士達がギリョウを救うために動きだす。さらに黒狼の群れも次々と起きだし、すぐさまワイバーンに突っ込んでいった。

「「「ガアアアアッ!!」」」

「シャアアッ!?」

黒狼の群れに翻弄《ほんろう》され、ワイバーンの動きが鈍くなった。ロプスとルウはなお、ワイバーンにしがみついている。

その隙に、兵士達はギリョウを保護する。

「老将軍!!　こちらに!!」

「おおっ……」

「後は我らにお任せを!!　うおおおおっ!!」

ギリョウ救出後、兵士達もワイバーンに向かっていった。

しかし、相手との戦力差は圧倒的だった。ワイバーンが腕を振り払うだけで大勢の兵士と狼達が吹き飛ばされていく。

「「「うわぁあああっ⁉」」」

「「「ギャウンッ⁉」」」

ワイバーンの首に噛みついていたルウも引き剥がされ、残るはロプスだけである。ロプスはワイバーンの尻尾を押さえつけようとするが、力の差がありすぎて振り回されてしまう。

「アガァアアアッ‼」

「ぎゃあああっ⁉」

地面に倒れた兵士の一人に、ワイバーンが襲いかかった。そして大きく口を開け、兵士を丸呑みしようとした瞬間――

ドリアが砲撃魔法を放つ。

「『フラッシュランス』‼」

「ギャアアッ⁉」

ワイバーンの顔に向けて強烈な光の槍が放たれ、閃光《せんこう》が迸《ほとばし》る。ドリアが放ったのは聖属性の砲撃魔法の一種だ。

ワイバーンは怯《ひる》んだもののすぐに持ち直し、再び襲いかかってきた。

×　×　×

ギリョウ達がワイバーンと激闘を繰り広げていた頃。

オオツチトカゲが作った洞穴を探索していたコトネが、ついに敵の姿を捉えた。

(……見つけた)

その人物は暗闇の中でひっそりと杖を握りしめ、洞窟の天井を見上げていた。コトネは足音を立てずに近づき、ゆっくりと短剣を抜く。

するど、相手は顔を動かすことなく言う。

「あら、もう気づかれたのかしら?」

「……気づかれた」

コトネはさっと距離を取った。

一方、茶色いローブに身を包んだ金髪の森人族《エルフ》は、コトネを警戒する素振りさえ見せず、ゆっくりと杖を構える。

女性は砲撃魔法を唱えようとしたものの、周囲を見渡してから杖を仕舞《しま》う。

「面倒ね。やってしまいなさい、ジロウ!!」

「ジロウ?」

「ぷるぷるっ!!」

コトネが眉をひそめていると、彼女の胸に隠れていたスラミンが激しく震える。

洞窟内にはコトネと森人族《エルフ》の女性しかいないはずだが――スラミンは別の何かが近づいていることを伝えてくる。

直後、振動が走った。


「シャアアアッ!!」


天井を突き破って蜥蜴のような顔が現れる。

先ほど馬車を襲ったオオツチトカゲとは別の個体だ。まだ子供なのか一回りほど小さいが、それでもとんでもない巨躯《きょく》である。

その背に、森人族《エルフ》の女性がまたがる。

「さっきはよくも私のタロウを殺したわね!!　ジロウ、そいつらをやっちゃいなさい!!」

「シャアアッ!!」

「タロウ？　……まさか兄弟？」

オオツチトカゲが鳴き声を上げて接近する。

コトネは慌てて後ずさった。

「逃がさないわよ‼　土の中でオオツチトカゲから逃げられると思ってるの⁉」

「アガァッ‼」

オオツチトカゲは口を開くと、鋭く舌を伸ばした。そして、その先端をコトネに突き刺そうとする。

「おっと……カメレオンみたい」

コトネは、相手の攻撃を寸前でかわす技能スキル「見切り」で回避した。これを使用すれば、どんなに速い攻撃でも事前に見抜ける。

コトネは思わせぶりに告げる。

「仕方ない……これだけは使いたくなかった」

「は？　何よそれ」

「……火属性の魔石」

「シャアッ⁉」

コトネは懐から赤い魔石を取りだし、オオツチトカゲの口に投げ入れる。続いて油が入った水晶瓶を取りだすと、火炎瓶のように火を灯《とも》した。

「もったいないけど……これもあげる」

「シャアッ……⁉」

「ジロウ、早く口を閉じなさい‼」

「遅い」

コトネは「投擲《とうてき》」スキルを発動して、オオツチトカゲの口の中に瓶を投げつけた。

直後、オオツチトカゲは爆発する。

「アガァアアアアッ……!?」

「きゃああっ!?」

「……退避!!」

洞窟は激しく揺れ、コトネと森人族《エルフ》の女性は避難する。

天井が崩落していき、洞窟内には頭を吹き飛ばされたオオツチトカゲの死体が残された。天井から降り注ぐ土砂によって、やがて見えなくなっていく。


「……スライディング!!」

「ちょっ、待ちなさいっ!!」

「ぷるるんっ!!」

押し潰される寸前に、コトネと森人族《エルフ》の女性は回避することに成功した。助かったことに敵味方を忘れて喜ぶが——

二人はすぐに距離を取って互いの武器を構える。

「くう、もう許さないわよ!!」

「こっちの台詞《せりふ》……スラミン、体当たり!!」

コトネがスラミンを野球の投手のように投げる。

「ぷるんっ!!」

「わあっ!?」

回転を加えたスラミンが森人族《エルフ》の女性の顔面に体当たりし、彼女は杖を落とした。その隙を逃さず、コトネは短刀を構えて突っ込む。

「これで終わりっ」

だが、コトネの短刀が届く前に森人族《エルフ》の女性が大声を上げる。

「サ、サブロ〜!!」

「シャアアッ!!」

地面に振動が走る。

出現したのは、先ほど倒されたオオツチトカゲをさらに一回り小さくした個体だった。そのオオツチトカゲは森人族《エルフ》の女性を守るように立つ。

なお、今回の個体の皮膚は茶色ではなく黒色である。

「これは……オオツチトカゲの亜種？」

「その通りよ!!　あんた、後で絶対に殺すからね!!」

「シャアアッ!!」

オオツチトカゲの亜種は声を上げ、森人族《エルフ》の女性を背中に乗せて壁を駆け登る。

コトネは追いかけようとするが、森人族《エルフ》の女性を乗せたオオツチトカゲはまたたく間に姿を消してしまった。

「くっ……」

「ぷるぷるっ‼」

「……スラミン？」

スラミンがコトネの足元で弾んでいる。スラミンは、自分の弾力性とコトネの脚力を合わせれば十メートルは飛べると伝える。

「分かった、力を貸してっ‼」

「ぷるるっ……‼」

スラミンの上にコトネが乗ると、潰れたスラミンが勢いよく跳ねた。

コトネの身体が一気に浮き上がる。コトネは空中で短剣を取りだし、穴の壁に向けて突き刺す。

これであと少し登れば地上だ。

「……ありがとう」

「ぷるんっ‼」

コトネは、落とし穴の底で跳ね回るスラミンに礼を言い、自力でよじ登っていった。

コトネが草原に戻ってくる。ドリア達がワイバーンと戦闘しているのを目にしつつ、コトネは森人族《エルフ》の女性を捜す。

「見つけた……!!」

森人族《エルフ》の女性の乗るオオツチトカゲは草原を走っており、すでに穴から数十メートル離れていた。

コトネは暗殺者の本領を発揮して、風のように駆けて追いかける。

「……逃がさない!!」

「ええっ!?　もう、穴から抜けだしたの!?」

「シャアアッ!?」

コトネを見た森人族《エルフ》の女性が驚きの声を上げると、オオツチトカゲは即座に立ち止まる。コトネは危険を察知して飛んだ。

「アガァアアアッ!!」

「回避っ」

「嘘ぉっ!?」

オオツチトカゲの口から舌が放たれ、先ほどまでコトネが立っていた地面に突き刺さる。このオオツチトカゲは通常個体よりも舌が長く、その舌の先端は相当な硬度だった。

「ちょうどいい足場……!!」

「えええっ!?」

「ガァアッ……⁉」

コトネは突きだされた舌の上に着地し、森人族《エルフ》の女性に向かって駆けだす。舌の上はぬめっているにもかかわらず、コトネは普通に駆けていた。

コトネは飛び跳ねると、森人族《エルフ》の女性に向けて、火をつけた油瓶を投げる。

「プレゼント」

「きゃああっ⁉」

「アガァッ⁉」

森人族《エルフ》の女性はオオツチトカゲの背中から逃れたが、油瓶はオオツチトカゲの顔面に当たり発火する。炎で目を覆われたオオツチトカゲは悲鳴を上げて転がり、その隙にコトネは森人族《エルフ》の女性に近づいた。

「……降参して」

「い、いやぁあああああっ‼　助けなさい、ヨンロウ‼」

×　×　×

「シャアアアアッ……⁉」

森人族《エルフ》の女性の声を聞き、ドリア達と戦闘していたワイバーンが反応する。即座にドリア達を振り払うと、森人族《エルフ》の女性のもとに向かおうとする。

ギリョウが声を上げる。

「いかん!!　奴を止めろっ!!」

「キュロロロロッ!!」

「ガアアッ!!」

「ウォオオオンッ!!」

「シャアッ……!?」

ロプスとルウがワイバーンに飛びつき、他の狼達も噛みついていく。

だが、それでもワイバーンには敵《かな》わない。

ワイバーンが強引にすべて振り払って飛び立とうとしたとき——馬車から何者かが飛びだし、ワイバーンに襲いかかった。

「ブモォオオオオッ!!」

「ミ、ミノタウロス!?」

ドリアが驚いて声を上げると、ミノタウロスの蹴りがワイバーンの頬を抉《えぐ》った。

ミノタウロスは馬車の中で厳重に拘束されていたが、金属の鎖を強引に引き千切って出てきたのだ。ただし、その上半身は拘束されたままである。

「ブフゥッ!!」

「アガァッ⁉」

ミノタウロスの蹴りで牙をいくつも折られたワイバーンは地面に伏した。脳震盪《のうしんとう》を起こしたのか、痙攣《けいれん》してそのまま動かなくなる。

「そ、そんな……ヨンロウまで⁉」

「もう降参して」

コトネがうなだれる森人族《エルフ》の女性を追い詰めると、その光景を見たハヅキが声を上げる。

「ま、待ってくれ‼　その方はもしや……⁉」

ワイバーンの咆哮のダメージが残るハヅキが、重そうに身体を引きずりながらコトネのもとに向かう。

すると森人族《エルフ》の女性は慌てて手で顔を隠した。

「あ、まずい……」

気まずそうな表情を浮かべる森人族《エルフ》の女性に、ハヅキが問いかける。

「リディア将軍ではないですか⁉　いったい、どうして……」

「リディアだと⁉」

「ほ、本当だ‼　リディア将軍‼」

「我らを助けにっ⁉」

他の森人族《エルフ》達も騒ぎだした。

ハヅキは首を横に振り、理解できないといった様子で森人族《エルフ》の女性――リディアに質問をぶつける。

「将軍!!　どうしてこのような真似を……王子の奪還に来てくれたのではないのですか!?」

リディアは苛立ったような様子を見せると、表情を一変させ――

「ああ、もう～面倒ねっ!!」

「ぐはっ!?」

ハヅキの腹部を杖で激しく突いた。ハヅキは苦悶の表情を浮かべて膝から崩れ落ちる。森人族《エルフ》達が驚愕するなか、リディアは続けざまにハヅキの頭を容赦なく打ちつける。

「えいっ!!」

「があっ!?」

「やめてっ!!」

コトネがリディアを止めようとするが、リディアは杖を振って退ける。そして周囲を見渡し、大きなため息を吐きだした。

「はあっ……作戦失敗ね、面倒なことになったわ。まったく、王子を殺すどころか、まだ一人も殺せてないなんて……」

「お、王子を殺すだと……どういう意味だ!?」

ハヅキが痛みをこらえながら叫ぶと、リディアは面倒くさそうに視線を向けた。そして、何か思いついたように笑みを浮かべる。

「しょうがないわね、それなら説明してあげるわよ。私達の目的を、ね」

「私達……だと⁉」

ハヅキが困惑していると、ギリョウがドリアに肩を貸してもらいながら立ち上がり問う。

「待て、どうして儂らを攻撃した⁉　先にそれを答えろ‼」

「老将軍‼　あまり興奮されては……」

リディアは考え込むように腕を組み、やがて笑みを浮かべて告げる。

「私の目的はあの馬鹿王子を殺すことよ。ねえ、聞いてるんでしょ、王子様っ⁉」

「何っ……⁉」

リディアの視線の先には、デブリの姿があった。彼はミノムシのように這いずって馬車を脱出していた。

デブリが声を上げる。

「リ、リディア‼　お、お前っ……ぼ、僕を殺すだと⁉」

「その通りよ。デブリ王子様にはここで死んでもらい、エルフ王国とバルトロス帝国の戦争のきっかけになってもらうの」

リディアがそう言うと、ギリョウ、ドリア、ハヅキが反応する。

「むうっ……‼」

「なるほど、そういうことでしたか……!!」

「何ということを……!!」

リディアは両手を合わせ、わざとらしく頭を下げる。

「役立たずの王子様には、せめて最後くらい役に立ってほしいわね。貴方が死んでくれれば王様が怒って、バルトロス帝国に戦争を仕掛けるでしょ？」

ハヅキが声を荒らげる。

「それがお前の狙いか!! 貴様、将軍のくせに忠義《ちゅうぎ》の心を忘れたのか!?」

「元から忠義なんて誓っていませ～ん。その馬鹿王子に、私がどれだけ苦労させられたと思ってるの？」

「そ、そんな……お前だけは、僕の味方だと思っていたのに……」

デブリはリディアの言葉にショックを受ける。

優秀な兄と姉に比べて劣っていたデブリは、いつも馬鹿にされていた。そんな自分に初めて優しく接してくれたのが、リディアだったのだ。

デブリの性格は生来のものではなく、環境が原因である。馬鹿にしてくる者を王子という立場で黙らせているうちに、現在のようなわがままな性格になった。

そんな中、リディアはデブリに普通に接してくれた。そうして、飼育していた魔物を貸してくれたのだ。

デブリはリディアに心を開き、彼女のように魔物を飼育したいと考えるようになった。

手始めに飼ったのが、ミノタウロスだ。だが、ミノタウロスが懐かないと知った彼は、バルトロス王国の西の森で、魔物を捕まえて飼育しようと考えたわけで――

つまり今回の騒動のきっかけは、リディアなのであった。

リディアはデブリに冷たく告げる。

「前々から思っていたんだけどさ、王子様。あんた、本当に脂臭いから話すのも嫌だったのよ」

「そ、そんな……リディアぁっ……!!」

「あら、いい表情ね王子様。その不細工《ぶさいく》な顔がさらに醜《みにく》くなるのを見ると、面白くてたまらないわ」

涙と鼻水まみれで悲しむデブリに、リディアはサディスティックな笑みを浮かべる。

「……下衆《げす》がっ」

その光景を見て、ギリョウが舌打ちする。

ハヅキは手錠で拘束されたまま、リディアに近づく。

「貴様っ!!　どこまで王子を侮辱《ぶじょく》すればっ……!!」

「おっと……『アースニードル』!!」

「ぬおっ!?」

リディアが杖を地面に突き刺した瞬間、先端に取りつけられている土属性の魔石が光り、地面が隆起して棘《とげ》のように突きでてくる。ハヅキはとっさに横に飛んで回避した。

驚くギリョウに続いて、ドリアが声を上げる。

「これは……まさか土属性の精霊魔法!?」

「馬鹿なっ……精霊魔法だと!?　土属性を扱えるのは小髭族《ドワーフ》だけでは……!!」

「ふん、生憎《あいにく》と私は小髭族《ドワーフ》の血も混じってるのよ!!」

リディアはそう言い放つと、地面から引き抜いた杖を掲げ、再び勢いよく地面に叩きつけた。

派手に土煙が舞い上がり、リディアの姿を覆い隠す。

ギリョウとハヅキが声を上げる。

「何じゃ!?」

「この煙に乗じて逃げる気か!?」

「そうはさせませんよっ!!　『ストームバレット』!!」

ドリアが杖を差しだし、風属性の上級魔法を発動する。巨大な風属性の砲弾が放たれ、リディアを覆っていた土煙が霧散した。

だがどういうことなのか、リディアはその場に座り、瞼《まぶた》を閉じて何かに集中するように杖を握りしめていた。

「何の真似じゃっ!?」

「……寝てる？」

「そんな馬鹿な……」

ギリョウ、コトネ、ドリアが困惑していると、泣きやんだデブリが大声で言う。

「あれは……ま、まずい!!　そいつは使役した魔物を呼びだそうとしてるんだっ!!　早く止めないと……!!」

「何っ!?」

ギリョウが驚愕の声を上げる。

とっさにコトネが走りだす。リディアが何かする前に止めようと短刀を構えるが、コトネが攻撃を仕掛ける前にリディアは目を見開いた。


「シャギャアアアッ!!」


直後、魔物の声が草原に響き渡った。全員が声のした上空に視線を向けると、空中を降下するワイバーンの姿があった。

「なっ!?　馬鹿なっ!?」

「そんなっ!?」

「別のワイバーンを使役していたのか!?」

驚くギリョウ達をよそに、リディアがワイバーンに命令する。

「あはははは っ!!　さあ、全員殺しなさいっ!!」

これまでの戦闘でギリョウ達は疲弊していた。頼りとなるロプスとルウでさえ後ずさってしまう。

ミノタウロスも冷や汗を流している。

先ほどの個体よりも一回り大きいワイバーンが降り立ち、リディアの前で首を下げると、彼女はその背に乗った。

「さあ……皆殺しの時間よ」

リディアの冷たい言葉に、ギリョウ、ドリア、コトネ、デブリ、ハヅキが反応する。

「くっ……」

「ここまでか……!!」

「……」

「リ、リディア……!!」

「王子、お下がりください。せめて貴方だけでも……」

リディアは笑みを浮かべた。そうして最初の標的を誰にするか選ぼうとしたとき――デブリが一歩前に出て呼びかける。

「リ、リディア!!」

「……何よ、王子様？　まだ私に話したいことがあるの？」

「そうだ……お前にどうしても聞きたいことがある!!」

「王子!?」

唐突なデブリの行動に全員驚くが、リディアはその突飛《とっぴ》さに興味を持ったらしく、彼の言葉を待った。

デブリは彼女を睨みつけながら質問する。

「お前が僕の命を狙っていたのなら、ミノタウロスを連れてバルトロス帝国に侵入したときに、どうして僕を殺さなかったんだ!?」

「……ああ、何、そんなことが知りたいの？　王子が帝国領地に忍び込んで死んじゃったら、バルトロス帝国の責任問題にならないじゃない」

「な、なら!!　どうして今襲ってきたんだ!!」

デブリにとっては、これまでの出来事が分からないことだらけだったが、とりあえずその質問をぶつけた。

リディアはデブリを嘲《あざけ》るように答える。

「今ならすべてを帝国になすりつけられるからよ。噂の凄腕《すごうで》の魔術師というのも厄介だったから、いろいろと準備に時間がかかったけど……」

「凄腕の魔術師？　……そ、そうだ!!　この帝国には、お前なんかよりとんでもない奴がいるんだぞ!!　そいつが戻ってくる前に降伏しろっ!!」

デブリが強気に言うと、リディアは失笑する。

「はあっ？　馬鹿じゃないの？　その凄腕の魔術師様は、今頃、私の仲間が用意した火竜に殺されてるわよ‼」

「火竜じゃと⁉」

リディアの発言に、ギリョウが声を上げる。最後の希望であるルノが罠に嵌《は》められたと聞かされ、動揺を隠せない。

ギリョウがリディアに向かって言う。

「そんな馬鹿な‼　貴様は火竜すらも操れるというのか⁉　それでは古《いにしえ》の勇者と同等の力を持つことになるではないか‼」

「いやいや、さすがに私も火竜までは操れないわよ。だけど、魔道具を使ってちょっと興奮させてあげるくらいはできるのよ」

「仲間がいると言っていたな……まさか、エルフ王国が……⁉」

ギリョウが推測を口にしようとすると、ハヅキ、デブリが声を上げる。

「ありえん‼　国王がそんなことをするはずがない‼」

「そ、そうだ‼　父上が僕を見捨てるなんて……」

リディアがいじわるそうに言う。

「さあ、どうでしょうね？　いい加減にあの国王も、だめ王子を見限ったんじゃないの？　何もできないろくでなしに愛想をつかしていたりして……」

「う、ううっ……!!」

「あらら、泣いちゃった？　けど、事実でしょ。あんたはろくでなしよ」

「……酷い」

デブリは悲しみのあまり顔を伏せた。

ハヅキが単刀直入に質問する。

「リディア……貴様は魔王軍だな!?」

「何だ、やっと気づいたの？　そうよ、私は魔王軍の幹部、魔物使いのリディアよ!!」

「なぜ貴様らはエルフ王国に、帝国との戦争を仕掛けさせようとする!?　そんなことをすれば、どれほどの被害が出ると思って……」

「いや、もうそういうのいいから。説明も飽きたし……そろそろ死になさいよ」


「シャアアアアアアッ!!」


リディアを乗せたワイバーンが咆哮を上げた。

その場にいた全員が身構えるが、現状の戦力ではどうしようもない。すでに大半の人間は負傷しており、死者が出ていないことが奇跡だった。

ドリアはまだ魔法を扱えるが、ギリョウは先ほどの身体の酷使でまともに動けず、兵士と黒狼の群れも怪我と疲労で限界を迎えている。

頼りのロプスとルウも負傷していた。

「ブモォオオオッ……!!」

だが、馬車から飛びだしてきたミノタウロスだけは、負傷も疲弊もしていない。ミノタウロスは一人でリディアに向かっていく。

「おお、ミノタウロスが……!!」

「は、早くそいつの拘束を解け!!」

森人《エルフ》族達はミノタウロスに期待を寄せて声を上げたが、リディアはまったく恐れた様子を見せず、手のひらを差しだした。

「ロクナン～。こっちにいらっしゃい」

「ブフゥッ……!!」

「イチロウ、ジロウときてたのに……何でロクナン」

コトネが疑問を口にする。

リディアの言葉に反応するように歩み寄るミノタウロスを見て、誰もが表情を歪《ゆが》めた。

「なっ……そ、そんな!?」

「そ、そうか……ミノタウロスも元々は奴の……!!」

ミノタウロスはデブリの顔を一瞥《いちべつ》すると、そのまま鼻を鳴らしてリディアに近づこうとする。

「くそうっ……何で皆、僕を馬鹿にするんだ……!!」

だが、背後から聞こえてきたデブリの言葉に、ミノタウロスは立ち止まった。ミノタウロスの行動にリディアは首を傾げる。

「………」

「……ロクナン？」

ミノタウロスは力を込め、上半身を拘束していた鋼鉄の鎖を引き千切った。

「フゥンッ!!」

「なっ!?」

「拘束具を……」

ミノタウロスはデブリに近づくとそのまま彼を持ち上げ、自らの顔に近づける。

「えっ……うぐぅっ!?」

「王子!?」

ミノタウロスの恐ろしい形相《ぎょうそう》に、デブリは失禁してしまう。

「ひいいっ……!?」

「ブモォッ」

「あぐぅっ!?」

「なっ!?　や、やめろぉっ!!」

ミノタウロスがデブリの頬を叩くと、ハヅキは悲鳴に近い声を上げた。その光景を見たリディアは笑い声を上げる。

「あははははっ‼　な〜に？　ロクナンも馬鹿王子が嫌いだったの？」

だが、ギリョウは違和感を抱く。

本気でミノタウロスが殴りつければデブリの顔など簡単に吹き飛ぶはずだが、ミノタウロスは手加減をしていた。

「ブフゥッ‼」

「いだっ⁉　やめ、やめてっ……ぶふぅっ⁉」

「ブモォッ‼」

「がはぁっ⁉」

ミノタウロスはデブリを手放して地面に叩きつけると、頭上から彼を見下ろす。

両頬を赤く腫れ上がらせたデブリは涙を流し、尿を漏らしながらも顔を上げる。しかし、その表情は先ほどまでの怯えた顔から変化していた。

「このっ……‼」

「ブモォオオオオオッ‼」

「ひうっ⁉」

やり返そうとしたデブリに、ミノタウロスが両手を広げて雄たけびをぶつけると、デブリは腰を抜かしてしまう。

それでも勢いよく立ち上がったデブリは、ミノタウロスに頭突きをお見舞いする。

「このぉおおおっ!!」

「ブフゥッ……!?」

「王子!?」

「……は？」

その光景に誰もが動揺を隠せない。ミノタウロスは腹部にデブリの頭突きをくらい、腰を落とすように倒れた。

起き上がろうとするミノタウロスに、デブリはさらに頭突きをくらわせ続ける。

「このっ!!　このっ!!」

「お、王子!!　危険です!!　おやめくださいっ!!」

「うるさいっ!!」

「ブモォッ……」

しかし、その程度の攻撃ではミノタウロスはびくともしない。それでもデブリは攻撃をやめず、何度も額を叩きつけて怒鳴り散らす。

「皆!!　僕をっ!!　馬鹿にしやがって!!　お前らに、何が分かるんだよっ!!」

「ブフゥッ!!」

「うぐぅっ⁉」

ミノタウロスが平手を放つと、デブリは再び地面に倒れる。しかしデブリは怯えずに、ミノタウロスを睨みつけた。

たまらず、ハヅキが声を上げる。

「王子‼」

追い込められた鼠《ねずみ》が猫に挑むように、デブリは恐怖心を上書きするほどの怒りを放った。

「どんなに頑張っても、姉様や兄様とは比べ物にならない。そうやって馬鹿にされ続けることがどんなに惨めか、お前らに分かるのか⁉　もう十五歳なのに、未だに一人で行動することも許されない。それほど僕は弱いと思われてる。僕が弱いことなんて知ってるんだよ……でも、それが悔しくて仕方なかった‼」

「王子、それは……」

叫び散らすデブリに、ハヅキが駆け寄ろうとする。

だが、そんな彼に向かってデブリは怒鳴った。

「ハヅキ‼　僕はお前が一番大嫌いだ‼　いつもいつも口では心配しているようなことを言いながら、何かと僕がやろうとすることを止めやがって‼　そんなに僕が出来損《できそこ》ないだっていうのか⁉」

「そ、そういうつもりでは……」

「……ふぅんっ」

豹変《ひょうへん》して怒鳴り散らすデブリに、ワイバーンの上のリディアは興味を抱いたように黙って彼を見守る。

デブリは全身を縛られながらも這いつくばってでも立ち上がろうとするが、何度も体勢を崩して地面に転がり続ける。

それでも彼は諦めず、必死にミノタウロスに近づく。

「どんなに頑張っても……兄様と姉様には敵わない。使用人から陰で馬鹿にされていることも知ってる……お前らに僕の気持ちが分かるか⁉　分かるわけないよな‼　どうせ僕は出来損ないだよ‼」

「ブモォッ……」

「だけど、もういい加減にうんざりなんだよ‼　他の国の人間にまで馬鹿にされて、信じてたリディアにまで裏切られて……でも、お前は違うだろ‼　お前は僕の部下だ‼　僕の下僕《げぼく》のくせに……逆らうなっ‼」

「ブモオオオオッ‼」

「ぐふぅっ⁉」

デブリがミノタウロスを怒鳴りつけた瞬間、デブリの腹部にミノタウロスの強烈な一撃が入った。

デブリは地面を派手に転げ回る。

「「「王子ぃっ⁉」」」

その光景に、森人族《エルフ》の護衛達は上半身を縛られた状態で駆け寄ろうとした。

だが驚くべきことに、デブリは血反吐《ちへど》を吐きながら立ち上がり、ミノタウロスを血走った目で睨みつけた。

「げほっ……おええっ!!　ぐ、ぐそぉっ……痛い、痛いよ……何で、僕がこんな目に……!!　この、馬鹿牛がぁっ!!」

「ブ、ブモォッ……!?」

「奴隷のくせに……うえぇっ……げほっ……!!　ぼ、僕に、逆らうなぁっ!!」

嘔吐《おうと》しながらデブリはミノタウロスを怒鳴りつけ、再び近づこうとする。

ミノタウロスは、自分よりも遥かに格下のデブリの迫力に気圧《けお》されていた。他の者達もデブリの変わり様《ざま》に動揺していた。

デブリはさらに続ける。

「お前なんか怖くないぞ!!　あの魔術師のほうがずっと怖い!!　お前なんかあいつと比べたらただの小さい牛じゃないか!!」

「ブモォッ……!!」

「はんっ!!　言い返せないだろ!!　バカバカバ～カッ!!」

「お、王子？」

デブリの言葉が段々と子供じみたものになる。

地面に衝突した際に頭を強打していたのか、デブリは頭から血を流しながら笑い声を上げ、ミノタウロスを侮辱した。

「この馬鹿!! 違う、牛馬鹿!! 偉そうにしててもお前が僕の前でひざまずいて餌を食べてたことは忘れないからな!! 何が最強の魔人族《デーモン》だ……あっちの青い奴のほうが格好いいじゃないか!!」

「キュロッ？」

ロプスがびっくりして声を上げるも、デブリの罵倒は続く。

「僕はお前なんかより、もっと強くて、それでいて格好いい奴が欲しかったんだ!! それがなんだ、牛頭の魔人族《デーモン》!? リディア!! お前も僕に気を使えよ!! こんな奴よりもっと格好いいの連れてこい!!」

「え、あ、はいっ？」

唐突に話しかけられたリディアさえも困惑した表情を浮かべるが、暴走したデブリは止まらずに怒鳴り散らす。

「あ～頭が痛い、身体が痛い、でも、そんなことどうでもいい。皆、僕にもっと気を使えよっ!! 人のことを豚呼ばわりするなっ!! 陰でこそこそと文句言うなっ!! 僕は……僕はいつか絶対、エルフ王国の王様になるんだ!! それが死んだ母上との約束なんだぁあああっ!!」

デブリは絶叫するようにそう宣言した。

そして、糸が切れた操り人形のように倒れ、そのまま動かなくなった。だが死んだわけではなく、意識を失っただけである。

言いたいことを吐きだしてすっきりしたのか、デブリは豪快な寝息を立て始めた。

妙な展開になり、その場にいた全員が呆然としていたが、やがて森人族《エルフ》の護衛が慌ててデブリのもとに駆けつける。

デブリを襲う様子のないミノタウロスは、ゆっくりとリディアを振り返る。

「ブモォオオオッ……」

「……何、その目？　気に入らないわね」

「シャアアッ‼」

ミノタウロスの異変に気づき、ワイバーンのゴロウが吠える。リディアもミノタウロスが敵意を向けていることに気づいた。

リディアはミノタウロスに尋ねる。

「ロクナン〜、その態度はいけないな〜。まさか、その馬鹿王子の側《がわ》に付くことにしたわけじゃないでしょう？」

「ブモォッ……」

ミノタウロスは後ろを振り返り、気絶しているデブリの顔を見て、首を横に振った。

別にミノタウロスは、デブリを主人と認めたわけでも同情したわけでもなかった。先ほどのやりとりで彼の意外な勇猛さに触れ、一度は受けた恩を返そうと考えたのだ。

「ブフゥウウッ!!」

「……あんた、私に逆らう気？　あんたがワイバーンに殺されそうになったのを助けたのは誰だと思ってるの？」

「ブモォオオッ!!」

リディアの言う通り、数か月前、ミノタウロスはワイバーンに殺されかけた。森で暮らしていた彼らの前に二体のワイバーンが現れ、彼の家族を惨殺《ざんさつ》したのだ。

そうして、生き残ったミノタウロスの前に姿を見せたリディアは、自分に従うように強制した。

ミノタウロスがリディアに従ったのは、忠誠心からではない。ミノタウロスは種族の特性として、大きな力を持つ者を崇《あが》めるのだ。

しかしルノに惨敗したことで、ミノタウロスはルノを敬《うやま》うようになり、リディアに対しては敵意さえ芽生えさせていた。

「ブモォッ!!」

「ふうっ……面倒ね。ゴロウ一匹だけならどうにかなるとでも思ってるのかしら？」

「シャギャアッ!!」

拳を構えたミノタウロスに、リディアは面倒くさそうにワイバーンの背中を叩き、戦闘態勢に入らせる。

先ほどはワイバーンを気絶に追い込んだミノタウロスだが、それは不意打ちだったからであり、単純な戦闘力ではワイバーンに大きく劣る。

それでもデブリのことを思いだしたミノタウロスは、彼を見倣《みなら》ってワイバーンと向き合うことに決めた。

「ブフゥウウウッ!!」

「シャアアッ……!!」

鼻息を荒くするミノタウロスに対し、ワイバーンは鳴き声を上げる。二体の威圧感に周囲の者達は動けない。

だが、反応を示す魔物が存在した。


「シャァァアアアアアッ!!」


先ほど倒されていたワイバーンのヨンロウが目を覚ましたのだ。

「キュロロッ!?」

「ガアッ!?」

ロプスとルウは驚き、再びワイバーンを押さえつける。

ギリョウ、ドリア、コトネ、そしてリディアが次々と声を上げる。

「何じゃと!?　まだ動けたかっ!?」

「しまった!!　敵に気を取られすぎていた……!!」

「……万事休《ばんじきゅう》す」

「あはははっ!!　ヨンロウ、やっぱりまだ生きてたのね？」

ヨンロウはロプスとルウを弾き飛ばし、ミノタウロスを睨みつける。

「シャアアアアアアアアッ!!」

「ブモォッ……!!」

「アガァアアッ!!」

ミノタウロスの背後から近づいてくるヨンロウ。正面のゴロウは口を開き、ミノタウロスに噛みつこうとする。

そのとき、不意に大きな影が草原一帯を覆った。

「な、何だ!?」

「雲……いや、違う!!」

「まさかあれは……!!」

「……おおっ」

全員が上空を見上げた瞬間、そこには青く光り輝く火竜が飛んでいた。その頭には、地上を見下ろす一人の少年が乗っている——ルノである。

ルノは地上の騒ぎを見て首を傾げる。

「あれ？　なんか小さい火竜みたいのがいる。いや、どっちかというと……蜥蜴かな？」

一方、二体のワイバーンは唖然とし、リディアはパニックに陥っていた。

「「シャアッ……!?」」

「……はっ？　え、いや……嘘、でしょっ!?」

×　×　×

ルノは眼下の状況に疑問を抱く。

どうして馬車が破壊され、厳重に保護されていたデブリ達が外に出ているのか。それに、見たこともない竜種が複数いる。

一方、地上のギリョウとドリアは巨大な竜が現れたことに動揺していた。だが、ルノがそこに乗っていると気づくと救援を求める。

「ル、ルノ殿!!　よくぞ戻ってきてくれた……げほっ!!」

「無茶はおやめください、老将軍!!　ルノ様、こいつらは敵です!!」

「敵？」

ルノがリディアに視線を向ける。

「ひっ!?」

すると彼女は怯えた表情を浮かべて、ワイバーンにしがみついた。

氷竜の後方に載せた氷車の窓からリーリスが顔を出し、ルノに声をかける。

「あのー、ルノさん。先に私達を降ろしてくれませんか？」

「ああ、ごめんごめん」

「ゆ、ゆっくりとじゃぞ!!」

バルトスにそう促されつつ、ルノは氷車だけをゆっくりと地上に着地させた。リーリスとバルトスが姿を現すと、兵士達が沸き立つ。

「先帝!!　それにリーリス将軍も!!　お帰りをお待ちしておりました!!」

「ルノ様が来てくれた!!　我々の勝ちだ!!」

「見たこともない竜種を従えているぞ!!」

リーリスとバルトスは周囲の状況を見て、揃って頭を掻いた。

そうして、自分達が離れている間に移送部隊に敵襲があったと理解し、兵士達から事情を聞く。

「何か……私達がいない間に大変なことが起きたようですね」

「そのようじゃな……何が起きた？」

その間、氷竜の頭から地上のワイバーン二体を見張っていたルノは、ワイバーンの背中に乗るリディアに大声で尋ねる。

「貴女が敵ですか？」

「な、何よ、あんた……こんなの聞いてない!!」

「シャアアッ……!?」

するとルノは目つきを変え、リディアを睨みつけた。

リディアは少年が発するとは思えないほどの威圧を浴び、身体を震わせる。ルノはさらに凄みを利かせて尋ねる。

「もう一度だけ聞きますね。貴女が敵なんですか?」

ルノの質問に答えることなく、リディアは二頭に命令する。

「う、うるさい!! やっちゃいなさい、ヨンロウ!! ゴロウ!!」

「シャアアアアッ!!」

リディアは、ルノの乗る得体の知れない竜種が、生物ではなく氷の塊であると見抜いていた。

(こ、こんな物を人間が作りだせるはずがない……きっと魔道具を使っているのよ!!)

詳しい仕組みは分からないが、人間が作りだした魔法に過ぎず、恐れるに足りない。そう判断したリディアはワイバーンを促す。

「そんなので私を騙《だま》せると思わないで!! 噛み殺しなさい!!」

「シャアアアッ!!」

「アガァアアアッ!!」

二頭のワイバーンが突進し、同時に氷竜の前脚に噛みつく。

ワイバーンの牙は鋼鉄さえ砕くことができる。

だが、氷竜の脚を噛み砕くどころか、牙を喰い込ませることもできず、表面に傷しか与えられなかった。

「「アガァッ……!?」」

「なっ!?」

氷竜の前脚に噛みついた二体のワイバーンに、ルノは眉をひそめる。

そして、氷竜の脚を動かして強制的に振りほどいた。

「邪魔だな……ちょっと離れて」

圧倒的な力で吹き飛ばされた二体のワイバーンが派手に地面を転がる。周囲には、ワイバーンの牙が数本落ちていた。

「う、嘘っ!?　そんな……!?」

「念のために……とどめっ!!」

ルノは氷竜でワイバーンに近づくと、そのまま二体に乗った。そうして圧倒的な力でワイバーンの頭を押し潰す。

二体の頭が同時に潰され、血飛沫《ちしぶき》が噴き上がった。

「ひいいっ!?」

その光景を見たリーリスとコトネが声を漏らす。

「す、すごい……あのワイバーンを一撃で……!!」

「……さすルノ」

「え？　その言葉は流行ってるの？」

一方、ギリョウとドリアは深いため息をついていた。

「相変わらず凄まじい魔法じゃのう……」

「同じ魔術師として、自分がどれほど未熟なのか思い知らされます……」

「いや、お主はよくやっておるぞ、ドリアよ。ルノ殿がすごすぎるだけじゃ」

リディアは動揺で我を失っている。

ルノは怯えきって震える彼女に視線を向けると、氷竜の頭を下げさせ、首を伝ってゆっくりと地面に降りる。

「残ったのは貴女だけですね」

「あ、ああっ……!!」

「降参してください」

ルノは、腰を抜かして地面に座り込んだリディアにさらに近づき、手のひらを構える。

その様子を、誰もが黙って見守っていた。

しばらくリディアは無言だったが、圧倒的な力を持つルノに勝てないことを悟った彼女は――あろうことか失禁してしまった。

あまりにも哀れな姿だったが、誰一人として彼女に同情しなかった。

しかし――

「ま、待てっ!! 待ってくれ、魔術師!!」

たった一人、ルノを引き留める者が現れた。

デブリである。

リーリスの治療を受けて回復した彼は、縄がとかれていた。そして、太った外見からは想像できない速度でルノのもとに向かい、リディアの前に立った。

「ちょっと待つんだ、魔術師!! こいつを殺さないでくれっ!!」

「いや、別に殺すつもりは……」

真剣な表情で言うデブリにルノが困惑していると、ハヅキが声を上げる。

「何を考えているのですか!! そ、その女は!!」

「お、王子様……!!」

周囲の皆が唖然とするなか、リディアは感激したように涙を流していた。だが、それは表面だけに過ぎない。内心では笑いをこらえていた。

デブリが取った次の行動は、誰も予想だにしないものだった。

「殺さないでほしかったのは……その前に僕が殴るからだっ!!」

「えっ」

「はっ？」

デブリは全身の体重を乗せ、リディアに向かって勢いよく拳を振り抜いた。

「うおらあっ!!」

だが、デブリは人を殴るのに慣れておらず、拳はリディアの顔には当たらなかった。その代わりに腕が当たって、プロレスのラリアットのようになる。

「ふげえええええっ!!」

予想外に重い一撃に、リディアは鼻血を噴きだしながら吹き飛んでいく。

「どうだぁっ!?　もう、僕を馬鹿にするなっ!!」

「「「え～……」」」

その妙な展開に誰もが驚愕していた。

一方でデブリは、やり遂げたように腕を回している。

ルノが呆れつつも、倒れたままぴくぴく痙攣《けいれん》するリディアを捕縛しようとしたとき――後方から声が上がった。

「ブモォオオオッ!?」

ミノタウロスの鳴き声に、その場にいた全員が振り返る。

腹部を押さえて倒れるミノタウロスの前に、蜥蜴の顔と人間の身体が合わさった不気味な存在がいた。全身が鱗に覆われ、二本の足で立っている。

謎の生物は手に付いた血を舐めると、笑みを浮かべた。

「こいつはいい。なかなかの味だ」

「ブフゥウウッ……!!」

「だが……これだけでは満足できん!!」

「やめろっ!?」

蜥蜴人間がミノタウロスに向けて腕を振り下ろそうとしたとき——ルノは手のひらを構え、螺旋氷弾を発動させた。

氷の塊が螺旋状に放たれ、凄まじい速度で蜥蜴人間を襲う。

「ぬうっ!?」

だが、蜥蜴人間はそれが到達する前に回避した。

「避けたっ!? ルノ様の魔法をっ!?」

「そんな馬鹿なっ……!!」

ドリアとバルトスが声を上げる。

ルノが、螺旋氷弾よりも攻撃速度が速い「白雷」を放とうとすると、蜥蜴人間はミノタウロスの頭を持ち上げ盾代わりにして駆けだす。

「こいつがどうなってもいいのか!!」

「くっ!?」

「卑怯なっ……!!　誰か奴を止めろっ!!」

バルトスが周囲の者達に指示を出すが、恐怖に足がすくんで誰も動けない。そこへ、ルノの危機を救うべく、ロプス、ルウ、さらに黒狼の群れが立ち上がった。

「キュロロッ!!」

「ウォオオンッ!!」

「「「ガアアッ!!」」」

蜥蜴人間が魔物達に意識を向けていたことで、一瞬の隙が生まれる。それを突き、ミノタウロスが蜥蜴人間の腹を蹴る。

「ブモオオオオッ!!」

「……うおっ!?」

蜥蜴人間はうずくまり、ミノタウロスを手放す。

だが、すでにルノの目の前にまで来ていた蜥蜴人間は、そのままルノに爪で切りかかる。

「死ねっ!!」

「くっ!?」

腕を切り落とすほどの勢いだったにもかかわらず、ルノの身体にはわずかな傷を付けるのが精一杯だった。

「むっ!?　なんだこの硬さは……貴様、本当に人間か？」

「いててっ……」

「そいつは魔人族《デーモン》です!!　リザードマンです!!」

ルノが傷を確認していると、リーリスが敵の種族名を告げた。

そこへ、腰を抜かしていたリディアが、そのリザードマンに声をかける。

「ガ、ガイア!!　私を助けに来てくれたのよね!?」

「ふんっ……」

ガイアと呼ばれたリザードマンはリディアに視線を向け、彼女が漏らしているのに気づく。そして表情を歪めて鼻を押さえた。

「ちっ……臭いな。これだから人間は……」

「なっ……!?　あ、あんたねっ!!」

「お前など知らん。他の奴にでも助けを求めろ」

ガイアはリディアを無視してルノに向き直り、爪に付いた血を舐め取った。ルノが不気味に思っていると、ガイアは目を大きく見開く。

「これは……何という美味《びみ》!!　こいつは美味《うま》い!!　力が……溢れるっ!!」

「は？」

ガイアが歓喜の声を上げると、全身の筋肉が引き締まって鱗が輝いた。

その光景を見ていたバルトスが、リーリスに尋ねる。

「な、何じゃ……あの化け物は人語をしゃべれるのか？」

「いいえ、私の知る限り、リザードマンは人語を解することはできても、あそこまで流暢《りゅうちょう》に話すことはできないはずですが……」

二人の会話を聞きつけたガイアが声を荒らげる。

「この俺を、ただのリザードマンだと思っているのか!?　愚か者どもがっ!!」

そこへ、リディアが先ほどの話を蒸し返す。

「ちょ、ちょっと!!　なんで私を放置してるのよ!!　私を誰だと思ってるの!?　見殺しにしたら、あの方があんたを許すはずないでしょっ!!」

「やかましい!!　この俺に命令するなっ!!」

「なっ!?　ま、待って……」

怒鳴りつけたガイアは口を大きく開き、止めようとするリディアを無視して、特大の咆哮を放った。


「グガァアアアアアッ!!」


先ほどのワイバーン以上の音量で、周囲には衝撃波が走った。

聴覚が鋭い者や魔物達は瞬時に倒れ、最も近くにいたリディアは失神した。

「ちっ、この程度で。なぜこんな奴を俺が……」

泡を吹いて倒れたリディアを見て、ガイアは舌打ちする。そうして彼女に近づこうとした瞬間――

彼の背後からルノが蹴りつけた。

「うるさいっ!!」

「ぐおっ!?」

凄まじい勢いで吹き飛び、十メートル以上飛んでいった。レベルが85まで上がったルノの身体能力は、自分でもコントロールが利かなくなっている。

ルノは心底迷惑だといった感じで言う。

「どこの誰かは知りませんけど、耳がおかしくなるでしょっ!!」

「ぐ、ぐぐっ……何だ、このふざけた威力は!?」

ガイアは身体を起こして呟き、慌てて周囲を見渡す。

「う～んっ……み、耳が……」

「何が起きているんだ？」

その場にいた者達が地面に伏しているのを見て、ガイアはルノだけが逃れたことを疑問に思った。

だが、すぐに単純な理由に行き着く。

「貴様!!　耳を塞いでいたのか!?」

「ああ、もう……うるさいな」

ガイアの言うように、ルノは両手で耳を押さえていた。

ルノは並外れた動体視力と反射神経で、ガイアが攻勢に移ろうとしたのを察知して、ほぼ無意識的に反応したのである。

**《技能スキル「防音」を習得しました》**

「あ、何か覚えた。それはともかく『土塊《どかい》』!!」

「うおっ!?」

ルノは「土塊」の魔法でガイアの下の地面を陥没させ、捕まえようとする。

しかしレベルが上がったせいで、これも上手くいかない。

ちょっとした落とし穴程度に陥没させるつもりが、ガイアの肉体を呑み込むほどの大きな穴を作りだしてしまう。

「くっ……この程度の穴など……うおおっ!?」

「えっ？」

ガイアは落下し、さらに崩落音が響いた。

不思議に思ったルノが覗き込むと、穴の奥底でガイアは土に呑まれていた。

どうやら、穴の底が抜けたらしい。

ルノは知らないことだが、リディアが使役していたオオツチトカゲが地下空間を作っており、偶然にもルノが作った穴と繋がったのだ。

「き、貴様ぁあああっ……!!」

「あらら……」

穴の底は深く、さらに落下したらしいガイアの声が徐々に小さくなっていく。ルノはしばらく穴の中を観察していたが――

黙って両手を地面に置く。

「……『土塊』」

そして、穴を周囲の地面の土で静かに埋め、完全に塞いだ。

念のため、両手で地面を何度か叩いて固めると、ルノは何事もなかったように皆のもとに向かうのだった。

×　×　×

数分後、気絶したリディアを捕縛し、さらに怪我人の治療を終えた。

その後、移送部隊はルノが作ったバス型の氷車十台に乗って、次の街に向かった。

最初からルノの「氷塊」で移動していれば、今回のトラブルは避けられたかもしれない。だが、こんな事態は想定できるはずもなかった。

氷車の中で、リーリス、ギリョウ、ドリア、バルトスが話し合う。

「何だか私達がいない間に、いろいろ大変な目に遭ってたんですね」

「しかし、帝国に偽の兵隊長を忍び込ませていただけでなく、エルフ王国の将軍さえも魔王軍だったとは……奴らめ、いったい帝国に何の恨みがある」

「老将軍!! あまり興奮すると身体に障《さわ》ります!!」

「ふむ……ルノ殿が同行していなければ、我々は死んでおったのう」

この騒動は、不可解なことだらけだった。だが間違いなく言えるのは、魔王軍が本格的に動きだしたということだ。

バルトスが眉間《みけん》に皺《しわ》を寄せて言う。

「それにしても、我らの動きを完全に見抜いていたとは……しかもルノ殿の戦力を見越し、火竜を誘導するとはな」

「ルノさんの実力を知らなければ、これほどまでに大掛かりなことはしないはず……第一、火竜を誘導するなんて無謀すぎます。魔王軍はルノさんの存在を恐れているようですね」

リーリスがそう言うと、四人は後方に視線を向けた。

後部座席には、リディアが縛りつけられている。彼女の意識が戻れば、厳しい尋問をしてでも魔王軍の情報を聞きだす予定になっていた。

ギリョウがため息交じりに告げる。

「このリディアという者も相当な実力者じゃ。下位とはいえ、竜種を二体も操るなど普通ならありえん」

「その竜種も、ルノさんの手にかかれば、ゴブリンと大差ありませんでしたね」

ドリアの言葉に、皆の脳裏にルノがワイバーン二体の頭を叩き潰した光景が浮かんだ。

ルノが作りだした氷竜は、竜種さえ圧倒していた。ルノは出会った頃以上にレベルを上昇させているようだった。

「もう本当に、ルノさんが敵じゃなくて良かったですよ。一時期はそんなルノさんと帝国は対立していたなんて、危うく帝国は滅びるところでしたね」

「冗談に聞こえんのう」

リーリスの言葉に、バルトスが顔を引きつらせる。

ルノがいなければ、バルトロス帝国はデキンによって陰で支配されていてもおかしくなかった。またエルフ王国の侵犯に気づけず、今回の騒動では魔王軍に滅ぼされていただろう。

リーリスがふと思いだしたように口にする。

「そういえば、当のルノさんはどうしたんですか？」

「あの巨大な氷の竜に乗って、見張りをしてくれとる」

「働き者ですね～」

リーリスとバルトスは車内から、上空に視線を向ける。

ギリョウとドリアが言う。

「それにしても、まさかこのような奇怪《きかい》な乗り物に乗る日が来るとは……これは初級魔術師という職業を見直す必要がありますな」

「まったくです……」

彼らが乗る大型氷車に後ろには、同じような氷車が続いている。

バルトス達は、乗り物がすべて初級魔法の「氷塊」製であることに、改めて感心していた。そもそも「氷塊」は、わずかな氷を生むだけの初級魔法だと思われていたのだ。

ドリアが真剣な眼差しで口にする。

「ルノ様が特別な存在であることは置いておくにしても……初級魔術師の扱う初級魔法は、普通の魔術師が使うそれとは別と考えて良いのかもしれませんね」

「そうですね。帰ったらそこのところを調べてみましょうか」

リーリスがそう言うと、ギリョウは頷く。

「初級魔術師には途轍もなく大きな可能性があるな。だが正直に言って、他の初級魔術師がこのような乗り物を作りだせるとは思えんのう」

「でも、ルノさんの初級魔法の使い方は理に適《かな》ってますよ。乗り物は作りだせずとも、初級魔法の組み合わせなら真似できるかもしれません」

「うむ、そこのところは確かに気になった。城に戻り次第、ルノ殿に相談してみるか」

そうして彼らは、初級魔術師について話すのをいったんやめた。

しばらくして、バルトスが別の話題を持ちだす。

「そういえば、あの王子はいったいどうしたのじゃ？　『抵抗はしないから拘束をやめてほしい』と言いだしたときは驚いたが、本当に大人しくしておる」

「私達のいない間に何かあったんですか？」

リーリスが尋ねると、ドリアは首を傾げた。

「いや、実は私達もそのことについては……」

ギリョウが遠くを見つめるように呟く。

「ふむ……追い詰められたことで、あの王子の中で何かが変わったのかもしれんのう」

現在、デブリは森人《エルフ》族の護衛とともに別の氷車に乗っていた。拘束を解除された彼は、今までの彼からは信じられないほど大人しく過ごしている。

バルトス達は、何か企《たくら》んでいるのかと最初は疑っていたが、どうやらそういうことでもないらしかった。

今のデブリは最初に会ったときとは別人のようになっていた。

×　×　×

氷車が移動を開始してから三十分後。

移送部隊は街の近くの砦に到着する。氷車だけならともかく氷竜は目立ちすぎるため、そのまま街に入るのはためらわれた。

しかし、砦の兵士達はすでに事情を知っており、氷竜を見ても慌てることなく迎え入れた。

当初、街に宿泊するつもりだったが、魔王軍が現れた以上襲撃に警戒する必要があるため、うかつに休息は取れなかった。

兵士の宿舎で食事を取った後、ギリョウを除く四天王三人で話し合うことになった。

一息ついたバルトスがドリアに声をかける。

「ふうっ、ひとまず落ち着いたのう」

「しかし、本当にこのまま進んで良いのでしょうか？　いったん帝都に引き返して態勢を立て直すべきでは……」

「態勢を整えようにも、軍隊を引き連れてくるわけにもいかんじゃろう。そんなことをすれば、戦争を起こすつもりだと誤解されてしまう」

「ならば使者を送り、今回の事態を説明するべきでは……」

「すでにあちらも動いておるのだ。魔王軍の脅威があるとはいえ、いつまでも王子と例の将軍を置いておくわけにはいかんからな」

引き返すという選択肢は採れないものの、移送部隊の被害は甚大《じんだい》だった。

破壊された馬車は三台。将軍のギリョウはまともに動くことができなくなっている。リーリスの回復魔法では治療できないためここに残すほかなく、今も先に休んでもらっていた。

そこへ、リーリスが提案する。

「ルノさんに頼んで、先にエルフ王国の部隊に接触してもらいますか？」

「馬鹿を言うな。エルフ王国にルノ殿を送り込むことになるではないか。そんな危険な真似はできん。下手すれば攻め込んできたと思われるぞ」

「言ってみただけですよ。だけど、このままゆっくり進んでも魔王軍の襲撃に遭うかもしれませんし……」

魔王軍についての話題へ移り、ドリアが表情を曇らせる。

「魔王軍の戦力が不明という点が厄介ですね……まさか、下位とはいえ竜種を従える人員まで揃えているとは」

その魔王軍の一員であったリディアには、すでに厳しい尋問が行われている。

だが、彼女から何の情報も得られていない。

一方その頃、リディアと同様にエルフ王国との交渉のカードであるデブリは、森人族《エルフ》の護衛達とともに砦内の牢屋にいた。

拘束が解かれた彼は、逃げだそうとすることも暴れることもなく、ハヅキの指導で腕立て伏せをしている。

「いいですぞ、王子!! その調子です!!」

「くそぉっ……絶対に、僕は王様になるんだぁっ……!!」

デブリは全身汗まみれになりながらも鍛錬に励んでいた。


リーリスがバルトスに尋ねる。

「それにしても、本当にあの王子は何があったんですかね？ わざわざ護衛と同じ牢屋にしてほしいと言ったんでしょう」

「うむ……帝都の城にいたときは、捕まっているにもかかわらず傲慢《ごうまん》な態度を貫いていたが、まさか自分から牢に入るとは。しかも食事まで断わりおった」

「でも、鍛錬を終えたとたんに食事を求めましたよね。いつもの食事量の半分程度でしたけど」

「どちらにせよ、本当に何が起きたんでしょうかね？ ギリョウ様が言っていたように、追い詰められたことで改心したのでしょうか？」

ドリアがそう言うと、バルトスは眉根を寄せた。

「そこまでは分からん。だが、最初に会ったときより目に強い意志が宿ったように見える。それはともかく、問題はここからの行動じゃ」

デブリの件は置いておき、三人は改めて今後について考えることにした。

魔王軍の襲撃はリディアだけで済むはずはなく、確実に追撃があると予想される。

しかし、移送部隊はすでに大きく被害を受けている。死者が出ていないことが奇跡であり、重傷者は多数。治療中の者も多い。

帝都に引き返して兵士の増員もできなくはないが、魔王軍に抗えるほどの軍を組織すれば、エルフ王国を刺激してしまう恐れもあった。

リーリスが困り顔で言う。

「現実的に考えられるのは、このまま魔王軍に警戒しながらゆっくり進むか、ルノさんに頼んで白原に移動し、魔王軍を警戒しつつエルフ王国が来るのを待つか、の二択ですかね？」

確かにルノの氷車であれば、道中の障害物や魔物に襲われる心配もなく、安全かつ最速でたどり着ける。

ドリア、バルトスが応える。

「このまま進むとしても、馬車が破壊されている以上は移動速度も落ちるでしょう。それに兵士の負傷者も多く、当初の予定よりも回復薬の消費が激しいですね」

「うむ……やはりここはルノ殿に頼むしかないな」

「困ったときのルノさん頼みですね」

それで議論はまとまることなく、さらに様々な危険性について意見が交わされた。

バルトロス帝国の兵力では魔王軍に対処できないため、結局ルノへの負担が大きくなるばかりであった。

しばらく話し合った後、バルトスは決断する。

「仕方がない……ここは帝都に戻り、会談の前日にルノ殿の力を借り、白原に向かうというのはどうじゃ？　そちらのほうが安全だと思うが」

ドリア、リーリスが顔に疲労を浮かべながら言う。

「まあ、それはそうなんですけど」

「本当にルノ様の力にばかり頼っていますね……」

「し、仕方ないじゃろう」

「じゃあ、私のほうから話してきますね」

バルトスの提案に二人も賛成した。ひとまずルノに相談するため、リーリスが彼を呼びに向かうのだった。

## 3

その頃、ルノは魔物達と一緒に食事をしていた。なお、兵士が魔物に怯えるため、彼らは砦の外にいる。

ルノが魔物達に声をかける。

「ほら、たんと食べな。ルウのように大きくなるんだぞ」

「ガツガツッ……!!」

「キュロロッ」

「ウォンッ」

ルノが狩ってきたゴブリンやオークの死体に、黒狼達が食らいついていく。ロプスは皿の上に載った果物の山に手を伸ばし、ルウは火竜の肉を食べていた。

そこへリーリスがやって来る。貴重な火竜の素材を餌にしているのを見て、彼女は呆れつつ尋ねた。

「ルノさん、少しいいですか？」

「別にいいけど……あ、みんなはついてこなくていいよ」

ルノは立ち上がり、後からついてこようとした黒狼達を制止する。

「「「ウォンッ‼」」」

なお、火竜に負わされた魔物達の傷の治療はすでに済んでいた。彼らは人間よりも回復力があるので、傷口に薬草の粉末を塗っておけば十分なのだ。

ルノはリーリスに尋ねる。

「それで、話し合いは終わったの？」

「かくかくしかじかわふふ～（事情説明）」

「なるほど、そういうことか」

ルノはリーリスの事情説明を聞いて納得し、その提案を受け入れようとしたところ――リーリスが妙な建物を発見する。

「何ですか、あれ？　大きな犬小屋に見えるんですけど」

「犬小屋だよ」

「いや、砦に来たときには、あんなのなかったですよね？」

それは、身体の大きなルウが余裕で入れそうな巨大な犬小屋だった。

不思議に思ったリーリスは近づき、じっくり観察してみる。小屋は土を固めて作られていることが分かった。

「これは……『土塊』でやったんですか？」

「そう」

「土塊」で固めた土は、魔法が切れても崩れることはない。この犬小屋はさらに、「氷塊」の魔法で頑丈になるように凍らせてあった。

リーリスは、壁に触れつつ感心したように頷く。

「なるほど。初級魔法を応用して建物を作った、というわけですか。ルノさんは本当にいろいろ考えますね。しかしかなり硬いですよ、これ。コンクリートみたいです」

リーリスは壁の硬度に驚いていた。ちなみに、日本人の転生者である彼女はコンクリートを知っている。

リーリスはふと思いついて尋ねる。

「ルノさん、この建物を作るのに、どれくらい時間がかかりました？」

「えっと、一分くらいかな？　割と簡単だったよ」

「えっ⁉　……もっと大きい建物を作れますか？」

「頑張ればできると思うけど」

ルノは以前、西の森でロプス達のために住居を作ろうとしたことがあった。火竜との戦闘でレベルが上昇した今なら、もっと巨大な建物を作るのも不可能ではないだろう。

ルノの返答を聞いたリーリスは、ニヤリと笑みを浮かべる。

「ルノさん、私の話すことができるか教えてくれませんか？　……かくかくしかじか」

その後、二人はバルトスの所へ行き、先ほど話し合ったアイデアを伝えた。

バルトスもドリアも驚いていた。

だが、それが実現すれば魔王軍の襲撃に備えることも、エルフ王国の部隊が到着するまで安全に過ごすことも可能だった。

バルトスはしばらく思案した後、その提案を承諾した。

×　×　×

翌日の早朝、ルノは氷竜に乗ると、リーリスを連れて移動する。

「氷塊」で出せる最高速度が三百キロを超えるようになったので、わずか一時間足らずで白原に到着した。

リーリスが少しだけ自慢げに解説する。

「ここが白原です。夜に月光に照らされると、草原の草々が発光するんです。それが、この場所が白原と呼ばれている所以《ゆえん》です」

「へえ……そうなんだ」

「さあ、まずは降りましょうか。いろいろ準備しないといけませんから」

「分かった」

ルノが氷竜を白原に着地させると、それまで草原にいたゴブリンやコボルトといった魔物達が怯えて逃げだしていった。

「ギィイイイッ⁉」

「キャインッ⁉」

氷竜がいれば、魔物が襲ってくるのを心配しなくても良さそうだった。リーリスが笑みを浮かべて言う。

「さすが火竜ですね。氷漬けにされようと、良い魔物除《まものよ》けになります」

「それで、これからどうするの？」

ルノが尋ねると、リーリスはさっそく指示を出す。

「じゃあ、ここら辺の邪魔な雑草を刈ってください」

「はいよ」

ルノは氷竜から降りると、巨大な回転氷刃を作りだした。そして、それを地面に滑らせていく。

あっという間に半径一キロメートルほどを刈り終えた。

「伐採した草は、一気に燃やしましょうか」

「はいはい」

リーリスに指示されるまま、刈り取った植物を一か所に集めて「火球」を発動。さらに「灼熱」の強化スキルで火力を高めて焼き尽くす。

リーリスは氷竜の頭の上から、草原に円状の空き地ができたことを確認する。

「その調子ですよ～。次は周りに、『土塊』の魔法で壁を作りましょう」

「分かった」

ルノは手のひらを地面に押し当てて土を操作した。そうして周囲に土壁を作り上げていく。土壁は、高さが十メートルを超えるまでに達した。

一通りできると、ルノは手のひらを地面から離す。

「いいですね～。それじゃあ、次は壁の表面を凍らせてください」

「ちょっと面倒だな……」

ルノは土壁の前に移動し、強化スキルの「絶対零度」を解放しつつ「氷塊」を発動。そのまま土壁に手を押し当てた。

土壁の表面が徐々に凍りついていく。

この作業には少しだけ時間がかかり、すべての土壁を凍らせるのに数分かかった。

「これでどう？」

「完璧ですよ!!　これだけでも大抵の魔物は入れませんね」

「でも、地中から潜り込まれたらどうするの？」

ルノがそう指摘すると、リーリスは顎に手を当てて考え込む。

「確かに。先ほどの戦闘ではその戦法に苦戦したらしいですが、何度も同じ手に引っかかるわけにはいきませんね。ルノさんは、土と同じように岩も扱えるんですよね？」

「うん」

本来「土塊」は土に作用する初級魔法だが、ルノの場合は巨大な岩も扱うことができた。

「それなら、適当な岩石を集めて地面に敷き詰めましょうか。そうすれば、簡単には侵入できません」

リーリスは一人でうんうんと頷くと、さらに続ける。

「じゃあ、この先やることを整理しますね。幸いにもこの近くには鉱山がありますから、そこで岩石をいっぱい回収しましょう。その後は、木材で建物を作ってその周囲を囲えば、要塞の完成というわけです」

「随分と大雑把《おおざっぱ》だな……」

リーリスが考えたのは、ルノの初級魔法の力を最大限利用し、要塞を作るという方法だった。ルノの力があれば、時間をかけずできるのだ。

ちなみに、二人が白原に到着してからまだ三十分も経っていない。

リーリスは意気揚々《いきようよう》と言う。

「さあ、会談の日までに完璧な要塞を作り上げますよ!!」

「ねえ、リーリス。少しいい？」

上機嫌なリーリスに、ルノは問題点を指摘する。

「確かに魔物の侵入は防げていると思うんだけどさ……雨が降ったらどうするの？」

「……あっ」

雨が降れば、凍った土壁は溶けてしまうだろう。ルウの犬小屋くらいなら問題ないが、数日は持たなくてはいけない要塞となればそうはいかない。

今さらそのことに気づかされたリーリスは真剣な表情になると、ぼそりと呟く。

「盲点でしたね……まさか無敵のルノさんの弱点が雨とは」

「いや、別に弱点ではないと思うけど」

「仕方ありません。雨雲が接近した場合は、ルノさんに『風圧』の魔法で吹き飛ばしてもらいましょう！」

「いやいや、無理だから」

ルノは慌てて断るが、リーリスはすぐさま別の案を告げる。

「あ、それなら岩で作り直しましょう。岩なら雨に打たれようと、溶ける心配はありませんから」

「そうだね。まあ、それが一番だと思うけど……」

ルノが名残惜《なごりお》しそうに、完成させたばかりの土壁を見る。

リーリスはマイペースに告げる。

「では、今からさっき言った鉱山に行って、壁と地面に使う岩石をまとめて拝借してきましょう。採掘場にならば、岩石なんていくらでもありますからね」

「なるほど」

リーリスの忙《せわ》しない指示のもと、二人は鉱山に向かうことになった。

なお、移動しながら目についた岩石を回収していく。大型車の氷車の荷台に岩石を載せつつ、二人は氷竜に乗って先を急ぐのだった。

×　×　×

十数分後、二人は鉱山の採掘場にやって来た。

この鉱山はバルトロス帝国所有なのだが、価値のある鉱石はすでに採り尽くされ、何年も放置されている。

周囲には無数のトロッコがあり、岩石が詰め込まれたままだった。

そんな光景を目にしながらリーリスが言う。

「この場所なら大丈夫ですね。元々ここでは、良質な火属性の魔石の原石が採掘できたんですよ。三、四年前から採れなくなりましたが」

「魔石って採掘場から発掘されるんだ」

「別にそうとも限りませんよ。例えば、水属性の魔石は海底や湖底で誕生することがあります。土属性の魔石は、地面を掘ればどんな場所でも手に入りますね。火属性の魔石は、火山地帯などが一番入手しやすいでしょうか」

「そうなのか」

今さらながら、魔石がどのように入手できるのか知ったルノだった。

それから彼は近くにあったトロッコを覗き、魔石の原石が残されてないか探してみた。しかし、小さな岩くらいしか見つからなかった。

同じようにトロッコを覗き込んでいたリーリスが口を開く。

「あ〜、困りましたね。どれも細かく砕かれています……」

「え？　別に平気だよ。ちょっと待ってね」

ルノはそう言うと、手のひらをトロッコに山積みされた岩石に押しつけ、「土塊」の魔法を発動させる。

「せぇのっ……ほぁあっ!!」

「な、何ですか、その気の抜ける掛け声は……て、うわっ!?」

ルノが魔力を流し込んだ瞬間——岩の欠片《かけら》が強い光を放ち、ゆっくりと一か所に固まっていく。

やがて四角く加工された、巨大な岩石ができ上がった。

「これでよし……よっこいしょ」

「いや、明らかに一トン以上ありますよね、それ⁉」

トロッコの中でできた岩石の塊を、ルノは軽々と持ち上げる。

本来、魔術師は身体能力が低いのだが、ルノにとっては一トンや二トン程度の岩石など余裕だった。

「これでよし、この調子でどんどんいこうか」

「はあ……分かってはいましたけど、ルノさんは本当に化け物ですね」

「頑張ってるのに酷いっ」

その後も同じ要領で、ルノは作業を進めていく。

しばらくして、大型車の氷車三台分を埋め尽くすほどの岩石を採取できた。もう少し岩石が欲しかったので、ルノは氷竜を使うことにした。

「ねえ、リーリス。ここには誰もいないんだよね？」

「え？　まあ、こんな場所に人が迷い込むことはないと思いますけど……」

「じゃあ、思いっきり暴れてもいいんだよね？」

「……えっ？」

「ほら、危ないから氷車に乗って」

「ちょっ⁉」

ルノはリーリスを氷車に避難させると、すべての氷車を空に移動させた。そして氷竜の頭部に乗って採掘場を見下ろす。

「よ〜し……いっけぇっ!!」

すると、氷竜は勢いよく跳躍し、そのまま着地した。

直後、地面に途轍《とてつ》もない衝撃が走る。

さらに、氷竜は周囲の岩に向けて拳を叩きつける。

「おらおらおらっ!!」

「は、はわわっ……」

リーリスは驚いて呆然としていた。

氷竜が暴れるのをやめると、周囲には大量の岩石が転がっている。

ルノとリーリスはそれらを持ち帰って、白原に戻るのだった。

×　×　×

これで外壁と地面に敷き詰める石畳の材料は確保できたので、次は建物の材料を集めることにした。

リーリスがルノに尋ねる。

「ルノさんの力で、岩を家に変形させられないんですか？」

「いや、さすがに無理だから。頑張ればできるかもしれないけど……俺が過労死する」

「ですよね」

実際、ルノなら「土塊」で岩石を操作して建物を作れなくもない。だが、魔力と精神力を大幅に消費してしまうのだ。

結局、建物の材料は木材と決め、リーリスは地図を取りだす。

「これを見てください、ルノさん。白原の近くに『アイの森』と呼ばれる小さな森があるんですけど、ここには『モク』という名前の大樹が生えています。この木は、建物の木材として重宝《ちょうほう》されるんですよ。これを回収しに行きましょう」

「分かった」

ルノが頷くと、リーリスはちょっとだけ真剣な表情になる。

「あ、そうそう、モクの木の周辺にはなぜか魔獣型の魔物が棲みやすいんです。まあ、ルノさんが一緒なら大丈夫でしょうけど、気をつけましょうね」

「うん」

それからルノは氷竜を白原に置いたままにして、氷車でアイの森に向かった。

十分後、アイの森にたどり着く。

リーリスが「鑑定」でモクの大樹を探しだす。森の奥地まで行ったところでモクを発見したのだが——二人は氷車に降りられない状況に陥っていた。

ルノがリーリスに尋ねる。

「ねえ、リーリス。もしかしてサファリパークに行ったことがある人は、今の俺達と同じ気持ちなのかな？」

「いや、どうでしょうかね。私もサファリパークには行ったことがないので、よく分かりませんが……」

「ガアアッ!!」

「グルルルッ……!!」

「ガリガリッ……!!」

氷車の周りをコボルトや狼といった魔物達が囲んでいた。彼らは窓からルノとリーリスを睨みつけている。中には噛みついたり、爪でひっ掻いたりする魔物もいた。

ルノはため息交じりに言う。

「参ったな……まさかこんなに魔物がいるなんて思わなかったよ」

「私もですよ。モクは目の前にあるのに……」

氷車の正面には巨大な大樹があった。

アイの森にある木々は大きなものが多かったが、モクは一際大きく、その高さは百メートルをゆうに超えていた。

「さすがは異世界だな……こんなに大きな木なんて初めて見たよ」

「世界樹《せかいじゅ》はもっと大きいらしいですよ。何でも千メートルを超えているとか」

「それはすごい。だけど、問題はこれをどうやって持ち帰るかだよ」

「ガルルルルッ!!」

氷車の上に次々と魔獣が乗り、窓一面にはたくさんの魔獣が張りついている。

さすがに面倒になってきたルノは、氷車を操作して魔獣達を吹き飛ばすことにした。

「高速回転!!」

「はうわっ!?」

「キャインッ!?」

車体を回転させると、周囲にいた魔獣達が一気に弾け飛んでいった。

そのまま氷車を空中に浮かべて、大樹と向き合う。改めて見てもあまりに巨大だった。氷竜を作りだしたとしても持ち帰れなそうだ。

ルノはリーリスに尋ねる。

「これは一度に持ち帰るのは無理だな。どうしよう?」

「そうですね～。まさかここまで大きいとは予想外でしたよ。モク周辺の樹木の生育が悪そうなところを見ると、モクが大地の栄養を吸ってるのかもしれませんね」

「栄養か……あ、そうだ!!」

ルノはそう言うと、氷車の扉を開けて足元に氷板《スケボ》を作りだす。そのまま外に飛びだすと、彼は大樹から生えている枝に向けて手のひらを構えた。

「回転氷刃!!」

丸鋸型の氷を作りだし、枝をいくつか切り落とす。

巨大な枝が次々と地面に落下したのを確認すると、ルノは地上に降り、その枝を回収して白原に戻るのだった。


それから三十分後。

ルノはモクの枝を地面に突き刺していった。リーリスはここでようやく、彼がやろうとしていることに気づく。

「なるほど、モクを育てるというわけですか」

「そういうこと。ちょっと離れててね……『光球』!!」

さらにルノは両手から複数の光を作りだすと、ステータス画面を開いて「浄化」の強化スキルを発動する。

地面に突き刺した枝の周囲に漂っていた光が銀色の輝きを帯び、枝が急速に育ち始める。

「おおっ……成功した!!」

「まさかこんな方法があるとは……もうここまで来たら、何でもありじゃないですかっ!!」

ルノの滅茶苦茶さに、リーリスがツッコミを入れる。

二人の目の前で、モクの枝は三十メートルの大樹にまであっという間に成長した。

この方法を繰り返せば、いくらでも木材を入手できるのだった。

×　×　×

要塞の材料を集めたルノとリーリスは、いったん砦に戻る。

そこで兵士達と魔物達に頼んで、建築作業に協力してもらうことになった。だが、それでは百人程度にしかならない。

さらに増員すべく、ルノは帝都に戻り大勢の兵士を動員してきたのだった。

白原に集まった数百名の兵士達に向かって、リーリスが声をかける。

「はいは～い。皆さん、こちらを注目してください。私の指示に従ってもらいますよ～」

「「「いえっさぁっ!!」」」

「その掛け声は誰に教わったんですかっ」

集まった兵士達が最初に行ったのは、石畳を敷き詰める作業だ。

兵士達数人がかりで石を運びだし、ロプスも進んで手伝いをする。さらにルノは氷人形を作りだし、作業に当たらせた。

ちなみに石と石の間にできてしまう隙間は、後でルノが「土塊」の魔法で埋める予定になっている。

リーリスが指示を飛ばしていく。

「あ、そこ、ちゃんと綺麗に並べてくださいよ‼　隙間が大きいと、ルノさんに負担がかかるんですから‼」

「も、申し訳ありません‼」

「キュロロロッ」

「あ、ロプスさん。貴方の石畳はこちらのほうに並べてくださいね」

「キュロッ」

周囲を見渡し、リーリスは納得したように言う。

「だいぶ並んできましたね。そろそろ石畳の数が心配になってきましたし……ルノさん、新しい石畳を作ってください‼」

「分かった」

氷鎧を装着して石畳を運んでいたルノは、「氷塊」の魔法を解除する。そして、すぐに岩石の欠片の加工に取りかかった。

作業を開始してからすでに半日が経過していた。

エルフ王国の部隊が訪れるまで、あと残り二日しかなかった。


バルトスとドリアが、土壁の上から地上の作業を観察する。

「すごい光景じゃのう。これほどの工事を行うとは」

「本当にルノ様の力には驚かされます。リーリスの発想力もすごいですが……」

石畳の作業はほぼ終わり、次の作業に入ろうとしていた。

次は、周囲を囲む土壁の改修工事をするらしい。積み上げた石をルノの「土塊」で繋ぎ合わせていくようだ。

「石壁も明日までには完成しそうじゃな。残るは会談施設じゃが……」

「そちらも問題ないでしょう。少なくとも材料に関しては」

二人は白原の中央に視線を移す。

そこには、モクの大樹が並んでいた。大樹の近くに帝都から呼び寄せたという職人達がおり、木材の加工を行っている。


「ウォンッ!!」

「お、おう。その木材はあっちに運んでくれ」

「クゥンッ……」

「だからそれじゃねえよ!!　覚えの悪い奴だな!!」

「グルルルッ……!!」

「あ、いや……だからな？　俺が持ってきてくれと言ったのは……」

大工達に交じって黒狼達の姿があった。

黒狼達は木材を運ぶ作業を手伝っていた。職人気質の大工達は戸惑いつつも、黒狼達に指示を出している。

一方、その遠くでは——

「ガアアッ!!」

「ギイイッ!?」

「キャインッ!?」

作業の様子を窺っていたゴブリンとコボルトを、ルウが怒鳴りつけた。

これほど優秀な見張りはいないだろう。仮にオオツチトカゲのような化け物が出てきても、十分に対抗できる戦力がここには揃っていた。

バルトスがドリアに向かって言う。

「この調子なら木材は何とかなりそうじゃのう。明日には、手先が器用な小髭族《ドワーフ》の鍛冶職人や力自慢の巨人族《ジャイアント》も訪れる手筈《てはず》じゃ」

「ですが、材料が揃ってもそんな簡単に建物が作れるのでしょうか？」

「問題ないじゃろう。労働力の心配はなさそうだしのう」

バルトスはそう口にすると、ルノが操作する氷人形に視線を向ける。いざとなれば、氷人形を大量動員することもできるのだ。

バルトスが渋い顔をして告げる。

「しかし問題はここからじゃ。あの頭の固い、エルフ王国の国王が素直に頭を下げてくれるかどうか……」

「今回の会談、王子の引き渡しだけではなくなりましたからね。西の森の薬草の件もそうですが、自国の将軍が王子の暗殺を企《くわだ》てたこと、さらには魔王軍まで関わっているとなれば……簡単に終わりそうにありません」

問題の難しさに、二人は頭を抱える。

バルトスが深いため息をついて告げる。

「うむ。ここはルノ殿にも参加してもらう必要があるか」

「そうですね。では私は、森人族《エルフ》達が変な動きをしないか、注意しておきます。今回こそは四天王の名に恥じぬ働きをしてみせます!!」

「そう言われると、逆に不安になるのう」

「えっ⁉」

ドリアの発言に、バルトスはなぜか嫌な予感を覚えるのだった。

×××

建設を始めてから四日、会談が行われる当日に要塞は完成した。

周囲を岩壁で覆い、石を敷き詰め、建物はモクの木で作った。最低限の作りなので要塞と言えるほどのものではないが、会談に相応《ふさわ》しい場所にはなった。

――しかし、斥候に訪れた森人族《エルフ》の兵士は驚愕する。

事前の調査では存在していなかった建造物が立っているのだ。森人族《エルフ》の兵士は慌てて王に報告に向かった。


エルフ王国の一行は白原近くの森で野営していた。日頃森に囲まれて暮らす彼らにとって、街で暮らすより森で過ごすほうが落ち着くのだ。

だが、兵士から報告を受けたエルフ王国の国王アブリは感情を乱していた。

「帝国が、攻撃準備を整えていた⁉」

「間違いありません‼　砦のような巨大建築物を建てていました‼　奴らは我々を白原で討とうと

しているのです!!」

「馬鹿を言うな。十日前には白原にそうした物はなかったと報告が上がっておる。その間に砦を建てたと言うのか？」

「し、しかし本当なのです」

「むうっ……」

アブリは頭を抱えて考え込む。

砦建設のための資材や労働力を用意するにしても、周辺には小さな集落しかないので難しい。仮にできたとしても、数か月かかるのは間違いなかった。

そもそも砦を作る理由が分からない。バルトロス帝国とエルフ王国は同盟を結んでいるので、戦争に発展するような行動を取れないはずなのだ。

アブリは大きくため息をつき、兵士に尋ねる。

「本当に……砦を見たのか？」

「慈母神《じぼしん》アイリス様に誓います!!　我々は確かに見ました!!」

「その言葉、嘘ではないな？　ふむ……分かった、下がって良い」

アブリが兵士を下がらせようとすると、彼の両隣に立っていた美女と美男が口を挟む。

「お父様!!　このような者達の戯言《ざれごと》を信じるのですか!?」

「我々は信じられません!!」

二人はデブリの姉と兄であり、どちらも性格に問題があった。

長男の第一王子の名前はイアン。その妹で王女の名前はヤミン。デブリとは母親が違うため、二人とデブリはまったく似ていない。

イアンとヤミンが忌々《いまいま》しげに言う。

「そもそもデブリの件に関しては納得していません!! あのような愚か者のために、どうして国王様が直々《じきじき》に人間の領地に赴かねばならないのですか!!」

「そうですわ!! 愚弟《ぐてい》のために謝罪金を払うのも気に入りませんわ!!」

アブリが二人に尋ねる。

「それならば、お主らはデブリを見捨てろというのか？ お主達の弟なのだぞ？」

「あのような役立たず……失礼しました。ですが、成人の儀式もまともに果たせず、他国の領地に勝手に出向いて捕まった愚か者です。そんな者のために、国王様が動かねばならぬのが許せないのです!!」

「お兄様の言う通りですわ!! いくらお父様が可愛がっているからといって、これほどの大罪を犯した弟を連れて帰るなど納得できません!! それならば、バルトロス帝国に預けておくほうが、まだ両国のためだと思いますわ!!」

「デブリを犠牲にする、そういうことか？」

「「その通りです!!」」

アブリは大きくため息をついた。

デブリ一人にすべての責任を押しつけられるはずがなかった。だからこそ国王である自分が直々に出向いているのだが、子供達はそんなことも理解していない。

「お主達は下がれ、会談の時刻が迫っている。その砦に再び斥候を送れ」

「国王様!!」

「いいから下がれ!!」

「……失礼します」

アブリの命に、二人は不機嫌になりながら立ち去った。

アブリは、三人の子供達について悩む。

「やはり母親がいないからかのう……国の仕事が忙しく、触れ合う時間がなかったのも良くなかったかもしれん」

イアンとヤミンは正妻の子供、デブリは妾《めかけ》の子供だ。どちらの母親も、三人が子供の頃に亡くなっていた。

その後、しばらくして斥候が戻ってきた。今回は信用のある者にしたが、結局、最初に送った斥候と同じ報告内容だった。

唖然としたアブリは、白原に向けて使者を送るのだった。

それから二時間後。

「しかし、この短期間で砦を建てたというのは、信じられぬな」

「ありえぬ話で……早すぎます」

「どうしたものか……」

「国王様!!　使者が戻ってきました」

側近と話すアブリのもとへ、一人の兵士が報告してくる。

使者として派遣したのは王国の将軍であり、若いがアブリからの信頼が厚い、リンという名前の女性だった。

リンが青い顔をして、アブリの前にひざまずく。

「おお、戻ってきたか、リン将軍よ」

「は、はい……遅くなり申し訳ございません」

彼女はエルフ王国の数少ない女将《じょしょう》で、他国に名前を知られるほどの実力者であった。常に冷静なリンが冷や汗を流している。

「どうしたのだ、リンよ？　顔色が悪いぞ？」

アブリが心配して尋ねると、両隣のイアンとヤミンが大げさに騒ぐ。

「まさか、人間どもに何かされたのか!!」

「きっとそうよ!!　あの愚か者どもに毒でも盛られたのね!!」

リンは慌てて首を横に振った。

「いえ、決してそのようなことは……」

アブリがさらに問おうとすると、先にリンが言う。

「バルトロス帝国は白原の砦にて待機しています。すでにデブリ王子を引き渡す準備を整えていました」

「おお、デブリは無事か!! それで他の護衛は……」

「そちらに関しても問題はありません。ハヅキを含め、他の護衛も一緒に引き渡すそうです。しかし……少々厄介な問題が起きました」

「というと？」

国王は眉をひそめる。

リンはどう報告をすれば良いか悩んだが、意を決して告げる。

「リディア将軍が、バルトロス帝国の移送部隊を襲撃したそうです。また、リディア将軍は魔王軍に関与しており……デブリ王子の命を狙っていたとのことでした」

「な、何じゃと!?」

「そんな馬鹿なっ……!!」

「あのリディア将軍が!?」

その場にいた者達が驚きの声を上げた。するとリンは、帝国から証拠として渡された物を見せる。

リディアが使っていた杖と、一通の手紙である。

「これは……確かに将軍が持っていた杖じゃ。この手紙は……デブリの文字ではないか!?」

「デブリ王子と護衛隊長のハヅキから直接話を伺い、リディア将軍自身とも一応面会しています。少なくとも、彼女が移送部隊を襲撃したのは間違いありません」

リンがそう言うと、ヤミンとイアンが声を上げる。

「う、嘘よ!! 何かの間違いよ!!」

「きっと帝国の謀略《ぼうりゃく》だ!!」

さらに騒ぎだそうとした二人を、アブリは一喝する。

「静まれっ!!」

国王はデブリの書いた手紙を読んだ。

非常に達筆《たっぴつ》である。父親であるアブリは、デブリが書くその美しい文字を見間違うはずがなかった。

手紙には、リディアに襲われたことが記されていた。

「……なるほど。リディア将軍の消息が不明であったことも気になっていたが……」

「我らが国を出発したときから、彼女の姿を見た者はいないそうです。またリディアは、ワイバーン二体を従えていたようです」

「ワイバーンじゃと!?」

国王は驚きの声を上げる。

続いてリンは、リディアがワイバーンを使役してデブリを殺そうとし、それをバルトロス帝国の移送部隊が撃退したと説明した。

「ま、待て!! ワイバーンを倒したというのか!?」

「その窮地《きゅうち》を救ったのが……ルノという名前の少年です」

「ルノ? 噂に聞いたことがあるな……初級魔術師でありながら、バルトロス帝国の王城に乗り込んだ少年か」

ルノが起こした一連の騒動は、他国にも広まっていた。ただし、あまりに突拍子もない話なので、噂話としか受け止められていなかったが……

それからリンは、自分が相対したルノの恐ろしさだけでなく、白原で知らされた驚愕の事実について語っていった。

×××

二時間ほどさかのぼる。

まだ日がそれほど高く上がっていない頃、ユニコーンにまたがったリンは部下数人を連れて白原へ赴いていた。

エルフ王国の使者として白原を訪れた彼女達は、目の前のあまりにも非現実的な光景に目を疑い、思わず声を漏らしてしまう。

「立派な要塞ではないか……」

「し、信じられません!!　十日前に訪れたときはあんな建物はありませんでした!!」

「馬鹿を言うな!!　あれほど巨大な建物を見落としたというのか!?」

リンはそんな部下達を叱咤《しった》する。

「落ち着け、王国軍人が取り乱すなっ!!」

しかしリン自身うろたえていた。彼女は戸惑いながら呟く。

「これはどういうことだ?　どうしてこんな物が……」

すると、兵士の一人がリンに言う。

「み、見てください。あれはモクの大樹ではないですか!?」

「何を言っている。そんな物があるはずが……」

リンが兵士の指さす方向に視線を向けると――巨大なモクの大樹が並んで生えていた。その半分は伐採され、切り株になっている。

モクの大樹の周囲には大勢の人間と小髭族《ドワーフ》と巨人族《ジャイアント》がおり、彼らは大樹を木材に加工しているようであった。

部下とリンはそんな光景を前に、震えながら話し合う。

「な、何をしているんでしょうか、あの方達は？　こんな場所でモクの大樹の伐採なんか……」

「いや、それよりもどうしてモクの大樹が生えている⁉　あれは森の中でしか育たないはずだぞ‼」

「それも気になりますが……周囲に魔獣の姿が見えます‼」

部下が言ったように、黒狼種がうろうろしていた。

「……飼育された魔獣なのか……彼らを襲う様子はないな」

黒狼種達は、木材を建物内に運ぶ者達を守っているようだった。近づこうとする魔物達が黒狼種に追い払われている。

「ガアアッ‼」

「ギィイイイッ⁉」

今もまた、黒狼種に吠えられたゴブリンが逃げていった。

黒狼種の中には一際大きな個体がおり、切り取った木材を運びだすために荷車を引いていた。

「黒狼種は凶暴なはずだが……」

「魔物使いを雇ったのでしょうか？」

リンと部下が話し込んでいると、また別の部下が声を上げる。

「待ってください‼　あそこにいるのはミノタウロスではないですか⁉　それにサイクロプスまで……」

荷車で木材を運ぶ黒狼種の後方に、ミノタウロスとサイクロプスの姿があった。

リンはそのミノタウロスに見覚えがあることに気づく。最近将軍になったリディアが、従えていた個体と似ていたのだ。

「あれは……リディア将軍のミノタウロスではないか？」

「そんな馬鹿な……」

「確かにリディア将軍なら、あの数の魔物を操ることもできるのでは？」

リン達は、リディアがエルフ王国を捨てバルトロス帝国についたのではないか、と考える。

しかし、リンは頭を振ってその考えを払った。

「今は考えるのをやめよう。まずはバルトロス帝国と接触してみるのだ」

「しかし、大丈夫でしょうか？　もしかしたら捕まるのでは……」

「馬鹿を言うな。バルトロス帝国としてもエルフ王国との戦争は避けたいはず。それに、これほど訳が分からない状況では、直《じか》に話を聞かなければどうにもならん」

「そ、それはそうかもしれませんが……」

「いいから行くぞ。こんな所でもたついていると、あちらも不審に思うかもしれん。王子が囚われているのだから、くれぐれも慎重にな!!　相手が人間だからといって見下したような態度を取るなよ!!　言葉遣いも気をつけるんだ」

「「「はっ!!」」」

覚悟を決めたリン達は要塞に向かっていき、出入り口である扉に近づく。

そこで、運び込まれる木材の点検をする女性を発見した。彼女はなぜか、スライムを頭の上に乗せている。

「その木材はA地区に運び込んでください。あ、ロプスさんはこっちを手伝ってください。そろそろチビ狼さん達を休ませないといけないので、ミノさんは見張りを代わってくださいね」

「ぷるぷるっ」

「キュロロッ」

「ブモォッ……」

魔物達に指示を与えるリーリスを見て、リンは驚きの声を上げる。

「あ、貴女がこの魔物達の主人なのか？」

「はい？」

唐突に現れたリン達に、リーリスは首を傾げた。だが彼女達の格好を見て、王国から遣わされた使者だと気づく。

「あ〜はいはい。王国の使者の方達ですね？」

「そ、その通りです……あの、貴女がこの魔物達を従えているのですか？」

リンが改めて尋ねると、リーリスは答える。

「従えているのは別の人なんですけど、まあ、懐かれていますね。ほらほらここがええんか？」

「キュロロッ……」

「クゥ～ンッ……」

「ぷるぷるっ……」

ロプスとルウは屈んで頭を撫でられていた。スラミンもリンに倣《なら》って触手を伸ばして二体を撫でている。

この数日の間で、魔物達はルノ以外の者にも懐いていた。

だが、そんな事情を知らないリン達は、恐れもせずに魔人族《デーモン》と魔獣を可愛がるリーリスに驚愕する。

「この少女は否定したが、魔物が普通の人間に懐くはずがない……この少女が魔物使いなのか」

「リン様、我々はどうすれば……」

「落ち着け、まずは状況を把握するんだ」

こそこそと話し合うリン達。

その後、リーリスはまったく警戒することなく、リン達を建物の中へ案内した。建物の外見は木造で、いわゆるログハウスのようだった。

リーリスが告げる。

「この中に先帝バルトス様がいます。詳しい話はバルトス様から……」

「ま、待ってくれ!!　こ、この中に人がいるのか？」

「え？　はい、いますけど……どうしたんですか、急に」

「ぷるるんっ？」

「こ、こんな……ありえない!!」

「どうしたのですか、リン将軍!?」

突然震えながら声を上げたリンに、リーリスと部下達は戸惑う。

リンは「魔力感知」の技能スキルを持っている。他者の魔力を感知する能力だが、彼女はログハウス内部から漏れる膨大な魔力を感じ、混乱していたのだ。

リーリスはすぐに気づいて、リンに言う。

「え？　あ、なるほど……そういうことですか。たぶん、中にルノさんがいるかと」

「ルノ!?」

「えっと、エルフ王国にも伝わっていませんか？　バルトロス帝国は勇者召喚をしたんですけど、その中の一人がここにいるんですよ」

「勇者!?」

勇者召喚と聞き、リンは驚愕した。だが、その一方でようやく納得もする。

「こ、この中に勇者様が……」

「勇者であることは、本人は否定してますけど……」

「ともかく、中に入ってもよろしいのでしょうか？」

「どうぞどうぞ」

リーリスが無警戒に扉を開き、リン達を中に招き入れる。

入ってすぐの部屋に、テーブルに着く老人と少年の姿があった。二人はちょうど食事中で、パンとコーヒーを味わっていた。

急に入ってきたリン達を見て、二人は驚いたような表情をする。

リーリスが明るく声をかける。

「お二人とも、エルフ王国の使者が来ましたよ〜」

「な、何じゃと？　ごほごほっ……」

「大丈夫ですか？」

「う、うむ。これは失礼した……」

「い、いえ……」

咳き込むバルトスの背をルノがさする。ちなみに、食事しながら迎えられるというのは、礼儀を重んじる森人族《エルフ》にとって屈辱的な行為である。

しかしそれよりも、リンは圧倒されていた。

(な、何だこの魔力は……!?)

彼女の視線の先にはルノがいる。

普通の人間の魔力量がコップ一杯分だとするならば、ルノの魔力は百メートル四方のプールを満たすほどだった。

（私は何と対面しているのだ……これが本当の勇者なのか⁉）

勇者とは歴史上の存在で、数多くの逸話が残っているが、大げさに脚色された話だと考える者も少なくはない。

だが、リンは相対したことで確信した。

ルノならば、過去に召喚された伝説の勇者に匹敵する力を持っていると。

（ああ……我々は何てことを仕出かしたのだ。このようなお方を敵に回すような行為をしたのか……）

リンはどのように言い訳するか必死に考える。

今回訪れたのは、あくまでも使者として。だが、勇者と対面しているとなれば事情は変わってくる。彼を敵に回してはならないと、リンは確信した。

（事を荒立《あらだ》てないようにしなければ……私に王国の未来がかかっているんだ‼）

彼らの機嫌を損ねてはならず、なおかつ王子を取り戻さなければならない。

重大な役目を担わされたリンは、突然その場でひざまずき、バルトスとルノに頭を下げるのだった。

「粗茶《そちゃ》ですが……」

「あ、ありがとうございます……いただきます」

「いや、すまないのう。使者が訪れるとは思わなかったのじゃ。見苦しいところを見せて申し訳ない」

ルノが茶を出すと、机を挟んでバルトスとリンは向かい合った。

「私も徹夜明けでテンションがおかしかったみたいですね。申し訳ない」

「ぷるぷるっ」

バルトスの左右には、スラミンを抱いたリーリスとルノが座った。なお、リンの部下達は壁際に立っている。

リンは当たり前のように座るルノに視線を向けた。

(このお方は、帝国にとってどういう扱いなのだ？　勇者であることは間違いないはずだが……)

リンは引き続き、彼の魔力に圧倒されていた。

勇者とはいえ人間に過ぎないはず。人間は種族の中で平均的な能力を持ち、森人族《エルフ》や人魚族《マーメイド》のように魔法に優れているわけではない。それにもかかわらず、ルノの魔力量は予測さえできなかった。

(魔力量は国王様を遥かに上回る。また、例のバルトロス帝国の王城に乗り込んだ人物は――この者で間違いないだろうが、初級魔術師だと聞いている。これほどの魔力を持ちながら、初級魔術師というのは信じがたいが……)

黙ってルノを凝視するリンを見てバルトスは首を傾げ、見つめられているルノ本人は不思議そうな表情をしていた。

話が進まないので、リーリスが問いかける。

「どうしたんですか？　ルノさんの顔に何か付いていますか？」

「あ、いや……その、失礼ですが、こちらのお方も将軍なのでしょうか？」

「いや、ルノ殿は儂が指名依頼で雇った冒険者じゃ。まだ若いが、実力は確かなのでな」

「冒険者……ですか？」

バルトスの返答を聞いて、リンは眉根を寄せた。

腕利きの冒険者を護衛に雇うこと自体は珍しくない。冒険者の多くはレベルが高く、特殊技能を持っているため、国から雇われる者も少なくないのだ。

しかし、この場に同席させるというのはやはり違和感がある。

すると、リーリスが説明する。

「ルノさんも今回の一件に関わっています。彼が西の森に赴いたとき、不審な行動をしている人物を捕まえて、帝国に引き渡したんですが……それがエルフ王国の王子だと判明した、というのが事の発端なので」

「つまり、このお方がデブリ王子を!?」

「うむ。事件の関係者として、同行してもらっているのじゃ。無論、護衛としても活躍を期待しているがな」

「えっと、何かすみません……やっぱり、出ていったほうがいいですか？」

ルノが申し訳なさそうに言うと、リンは慌てて首を横に振った。

「い、いえ……そういうことならば、確かに同席したほうがよろしいですね」

当時、デブリは腕利きの護衛二十人とミノタウロスを従えていた。つまりそれらを圧倒したことになり、リンは冷や汗をかいた。

（やられた……帝国はこれほどの隠し玉を持っていたのか）

リンは、目の前の可愛らしい顔の少年が、噂の凄腕の魔術師だと再認識した。

なお、ルノを抜きにしても、エルフ王国はバルトロス帝国と戦争できる戦力を有していない。そうした余裕がないほど国内に問題を抱えているのだ。帝国領に侵入し、薬草を採取したのもそのためだった。

（私が取り乱してどうする、本来の任務を果たすのだ!!）

意を決したようにリンは顔を上げる。

彼女がここを訪れたのは、この要塞の様子を探るためだけではない。本格的な会談の前に、王子の安全を確かめ、帝国の具体的な事情を知るという目的もあったのだ。

「では、本題に入りましょう。まずは王子の件ですが……」

「ちょっと待ってくれ、その前に儂から質問させてくれんか？」

「え？　は、はあっ……構いませんが」

だが、リンが話を切りだす前にバルトスが止めた。バルトスは、彼女の反応から大体のことは察していたが、それでも念のため質問する。

「儂らは三日ほど前にそちらに使者を送っていたはずじゃが……まだ到着していないのか？」

「え？　使者……？　いえ、我々の所にはそのような者は訪れていませんが」

バルトスは会談施設を作る旨を伝えるべく、使者を放っていた。だが、エルフ王国一行と接触する前に、トラブルに見舞われてしまったようである。

「ふむ……どうやら、まだ敵は諦めていないようじゃな」

「敵？」

バルトスは一瞬表情を歪めると、さらに続けた。

「実はな、我々が王子の移送をしていたときに魔王軍の襲撃を受けたのじゃ。しかもその首謀者は、そちらの将軍だ」

「な、何ですと⁉」

「そんな馬鹿なっ‼」

「いい加減なことを言わないでもらいたい‼」

バルトスの言葉に反応したのは、壁際に立っていたエルフ王国の兵士達だった。リンは振り返り、即座に一喝する。

「黙りなさいっ‼　立場をわきまえろっ‼」

もっとも、リンも大きく動揺していた。

彼女は冷や汗を流しながら、バルトスに尋ねる。

「我が王国の将軍が襲撃を仕掛けたと……いったいどういう意味でしょうか？」

「そのままの意味じゃ。移送中、我らはオオツチトカゲとワイバーンの襲撃を受けた。そして襲撃の首謀者は、そちらの国の魔物使いの将軍……」

「まさか!?」

「奴はリディアと名乗っていた。王子によると、最近将軍になった者らしいな。現在は拘束中じゃ」

バルトスの言う通り、リディアが将軍になったのは最近だ。エルフ王国は情報の管理を徹底しており、他国に漏れないように気を配っている。それにもかかわらずバルトスが知っていたため、リンは彼の言葉を信じるほかなかった。

リンは息を呑み、質問を向ける。

「ほ、本当にリディア将軍が襲ったのですか？」

「嘘だと思うなら、今から確かめても良いぞ。それとも王子から聞くか？」

リンは混乱しつつも、疑問を抱いていた。

リディアは王子と仲が良かったが、すでに引き渡しが決定しているのに、襲撃する意味が理解できなかったのだ。

リンが困惑していると、バルトスはそれを察して告げる。

「それと言っておくが……リディアの狙いは王子の奪還ではなく、王子の命だった」

「えっ⁉」

「安心しろ、襲撃こそ受けたが、王子は無事じゃ。もちろん他の護衛もな……だが、かなりの損害をこうむったのは事実じゃ。その辺に関しても会談で話し合いたい」

リンは首を横に振って、信じられないといったふうに呟く。

「そ、そんな……どうしてリディア将軍が王子を襲ったというのですか⁉」

そこへ、リーリスが口を挟む。

「それは、私達のほうが聞きたいんですけど」

「うっ……」

リンは顔をしかめた。

確かに、リディアの襲撃にはエルフ王国が絡んでいると考えるのが普通であった。しかし、バルトスは意外な言葉を告げる。

「もっとも、儂は今回の出来事がエルフ王国の仕業《しわざ》とも考えておらん。あの子煩悩《こぼんのう》な国王が王子の命を狙うとは思えんのじゃ」

「え？」

「実はな、リディアは奇妙なことを言ったんじゃ。自分は王国に仕えているのではなく、魔王軍に従っているとな。実際、彼女以外の襲撃者も確認されておる」

「あ、当たり前です‼　国王様がデブリ様を見捨てるなど……」

リンがそう返答すると、リーリスが厳しく言う。

「どちらにしても、今回の件はエルフ王国に非があるのは間違いないでしょう？　だって、自分達の国に所属する将軍が問題を引き起こしたんですから。それなりの責任を取ってもらいたいですね」

「あうっ……そ、その話が事実ならば、確かにそうなのですが……」

リンが返答に困っていると、バルトスが言う。

「よし。では、今からリディアのもとに向かおう。捕虜として拘束しており、それに関しては、デブリ王子から許可をもらっておる」

「王子が……？」

「ともかく案内しよう。ついでに王子とも顔を合わせるがいい……いや、もしかしたらすでに会っているかもしれんがな」

「えっ……？」

バルトスの案内のもと、一行はログハウスから出て、要塞の西側に向かった。

こちらのほうはまだ建築中であり、多くの者達が木材の搬入作業をしていた。その中に、リンは見覚えのある顔を発見する。

「ひいっ……ひいっ……お、重い……」

「王子!!　お手伝いします!!」

「い、いや平気だ!!　僕一人で運ぶんだ!!　お前らは手を出すなっ!!」

ハチマキを頭に巻き、シャツと短パン姿で木材を運ぶデブリと、彼の周囲で同じようにする護衛の森人《エルフ》族達である。

リンは思わず、変な声を出してしまう。

「デ、デブリ王子ぃいいいいっ⁉」

「だからうるさいって……あれっ⁉」

デブリはふらつきながら、リンに気づいた。二人は、お互い呆気に取られたような表情で見つめ合う。

ようやく我に返ったリンが、デブリに尋ねる。

「な、何をしているのですか、王子⁉　どうしてこんなことを……バルトス殿!!　王子に何という真似を!!」

「いや、それはだな……」

リンは、エルフ王国の王子が奴隷のような待遇を強いられていたと思い、バルトスに抗議した。

バルトスがどう返答すべきか困惑していると、デブリが代わりに言い放つ。

「うるさいな!!　僕の邪魔をするなら帰れっ!!」

「えっ……」

　彼は必死に荷車を引きながら、さらに声を荒らげる。

「僕は今、減量中なんだよ。忙しいんだ!!」

「げ、減量中!?　いや、しかし……」

「そこを退《ど》けっ!!　父上が迎えに来たらちゃんと戻ってやるさ!!」

「お、王子!?」

　デブリは必死に荷車を引いていた。ちなみに荷馬車の後ろから護衛達が押してあげていたが、デブリは気づいていない。

　リンが説明を求めるようにバルトスに視線を向けると、彼は笑みを浮かべて言う。

「いや、少し前から王子が運動するようになってのう。儂らが強要しているわけではないぞ？　森人族《エルフ》の護衛も止めようとしてないじゃろう？」

「し、信じられない……運動嫌いの王子が……」

「あの王子も変わろうとしているのかもしれん。何がきっかけなのかは知らんが……」

　デブリのあまりの変わりように、リンは動揺を隠せなかった。本来なら他国の王子に労働をさせるなど大問題だが、本人が希望している限りは止めようもない。

　実際、デブリは以前よりわずかに痩せていた。

「まあ、王子の件は後で本人から話を聞いてくれ。それよりも今はリディア将軍に面会してくれんか？」

「いや、ですが、王子を放っておくことは……」

「悪いがこちらとしても、リディア将軍の問題は見過ごせん。他の者に王子の説得をさせてはどうかな？」

「……分かりました。お前達!!　王子の手伝いをしなさい!!」

リンが自身の部下達に命令すると、部下達は目を白黒させた。

「リン将軍!?」

「どうして我々が荷物運びなど……」

リンはさらに厳しく命ずる。

「王子が頑張っているのに配下のお前達が文句を言うな!!　不満があるなら王子を説得しろ!!」

「「「そ、そんな……」」」

兵士達は戸惑っていた。


バルトスの案内で、リディアを拘置している牢屋にやって来た。外部との接触を断つため、リディアは魔物用の檻《おり》に閉じ込められている。

「リディア将軍……」

リンがそう呼びかけると、リディアが反応する。

「……リン将軍？　どうしてこんな所に？」

檻の中で、リディアは両腕と両足を鎖で拘束されて横たわっていた。衣服は汚れ、風呂も入っていないのか異臭が漂う。

リンは眉をひそめつつも、構わずに近づいて言う。

「リディア将軍!!　どうして貴殿が!!」

「うるさいわね……もうどうでもいいのよ。とっとと殺しなさいよ!!」

「えっ」

急に態度を豹変させたリディアにリンは戸惑った。リディアは側に落ちていたパンを手に取るとリンに投げつける。

リディアの肉体には火傷や切傷があった。厳しい尋問を受け続けた彼女は、すでに精神的に追い詰められていた。

「話すことなんか何もないわよ!!　さっさと殺しなさい!!　私はお終いなのよ!!」

「リディア将軍……」

「あああああっ!!　何も聞こえない!!　ああああああああああっ!!」

騒ぎだしたリディアを横目に、バルトスがため息交じりに言う。

「……少し前からこの様子じゃ」

「そんな……」

あまりに変わり果てたリディアを見て、リンは言葉を失ってしまった。助けを求めてこないあたり、リディア本人も諦めているようだ。

それから、バルトスとリンは檻から離れて話し合う。

「見ての通り、あれではもう何も聞きだせん。だが、彼女が儂らを襲い、王子の命を奪おうとしたのは事実じゃ。このことを国王にも伝えてほしい」

「しかし……いえ、分かりました」

「頼んだぞ」

リンは自分ではどうしようもないと悟り、国王に伝えて判断を任せることを決めた。

×××

そして場面は戻り、二時間後。

国王のもとに戻ってきたリンは、自分が見聞きしたことをすべて伝えた。国王は愕然《がくぜん》とした様子で呟く。

「あ、あのデブリが減量じゃと？　……何かの間違いではないのか!?」

「あの、驚くのはそこなのですか……？」

「う、うむ。確かにそれは今はどうでもいいか……しかし、あの怠け者が運動とは信じられん。しかも荷物運びなど……」

「確かに私もその点は驚きましたが、今は王子のことよりも帝国の会談の件に関して……」

「分かっておる!!　しかし……お主の話を聞く限り、少し気になることができた」

「え？」

「……部隊の移動の準備を始めろ。その要塞には儂が直々に出向こう」

国王は立ち上がり、その場にいた全員に命令を下した。


時刻は昼を迎え、白原の要塞に、百名を超えるエルフ王国の部隊が到着した。

最初に姿を現したのは、美しい容姿をした女性兵士達だった。彼女達は、額に角を生やしたユニコーンにまたがっていた。

その後方には、額に二本の角を生やした黒馬――バイコーンにまたがった男性の兵士達が続き、最後に銀色で統一された馬車が続く。

その様子を見たバルトスが、指示をする。

「来たか……皆の者、出迎えるぞ」

「はっ!!」

バルトスはドリアとリーリスを近くに控えさせ、そして病み上がりのギリョウにもいてもらった。

なお、ギリョウは杖をついている。

彼らの目の前に、エルフ王国の部隊が立ち並ぶ。馬車の扉が開かれて、国王アブリと王子イアン、そして王女ヤミンが降り立った。

アブリがバルトスに親しげに話しかける。

「久しぶりじゃのう。バルトスよ」

「そうでもないと思うがのう……エルフ国王よ」

イアンとヤミンが、バルトスの態度に文句を言いだす。

「控えよ!! いくらバルトロス帝国の元皇帝とはいえ、国王陛下の御前であるぞ!!」

「そうよ!! 国王様にそのような態度が許されると思っているの!?」

アブリは子供達の様子に、ため息をついた。一方、バルトスは特に気にしたふうもなく、態度を改めて腰を落とす。

「おお、それもそうじゃな。これは失礼した国王陛下……それで、お二人の名前を伺ってもよろしいか?」

イアンとヤミンは満足げな笑みを浮かべ、それぞれ答える。

「ふん、いいだろう。僕はエルフ王国の第一王子のイアンだ」

「私はその妹のヤミンよ」

「これはこれは……まさか王子と王女まで同行していたとは驚きじゃのう」

「う、うむ……すまない」

バルトスがアブリに視線を向けると、彼は頭を押さえながら謝罪した。

四天王達がイアンとヤミンを睨みつけていたが、二人はそれに気づくこともなく、周囲の様子を窺う。

「これが帝国の兵士……何よ、本当に醜いわね」

「そう言うな、ヤミン。人間は僕達のように美しくないんだよ。まあ、それにしても、僕達を出迎えるのがこんなむさ苦しい男達ばかりというのは、どうかと思うけどね」

「いい加減に黙らぬか!! お前達は下がっていろ!!」

さすがに我慢の限界を迎えたアブリは、イアンとヤミンを怒鳴りつけた。二人はそれでも何か言いたげだったが、渋々と引き下がる。

「本当にすまない……我が子の無礼をどうか許してほしい」

「儂は気にしていないぞ。さあ、歓迎の準備は整えている。ついてきてくれ」

申し訳なさそうに頭を下げるアブリに、バルトスは首を横に振った。


その後、バルトスは彼らを要塞の中へ招いた。

アブリは巨大な外壁に視線を向け、呆然とする。

(まさか、本当にこれだけの規模の物が築き上げられているとはな……やはり帝国は我々との戦争を考えているのだろうか)

白原は、バルトロス帝国とエルフ王国の境界に位置する、戦略的に重要な土地だ。このような建物があることは、政治的な意味を感じざるをえない。

（どうにかデブリを取り戻さなければ……そして例の、初級魔術師の勇者の力を確認しなければならん）

アブリは、この機に勇者の力を確かめたいと考えていた。様々な政治的思惑もあるため、バルトロス帝国と敵対すべきではないのだが……

アブリは傲慢に振る舞う子供達を見て頭を抱えた。

（二人は置いてくるべきだった。だが、今さら遅い）

元々アブリは、王子と王女を連れてくるつもりはなかった。二人は勝手についてきてしまったのである。

（慈母神アイリス様、どうか我らにご加護を……）

アブリは会談が無事に終わることを祈りつつ、バルトスに導かれて要塞内へ入っていく。

そしてすぐに、内部が外部ほど作り込まれていないことに気づく。

（どうなっておるのじゃ？）

要塞内は意外なほど簡素で、兵士の宿舎と思われる建物のほか、いくつかの木造の建物があるだけだった。

人の数も想定していたより少ない。兵士はほとんどおらず、荷物を運搬する魔獣の姿がちらほら確認できる程度である。

「バルトスよ、一つ聞きたいことがあるのだが……この砦はいつ頃から作りだしたのだ？」

「ああ、やはり気になるか」

「当たり前だ。十日前、我々がこの場所を調べたときには何もなかったはずだが……」

アブリは前を歩くバルトスに説明を求める。

バルトスはどのように答えるべきか思い悩む。別に正直に話してもいいのだが、簡単に信じられるとも思えず、言葉を選びながら説明する。

「この要塞の建設を始めたのは今から四日前だが……よくできておるじゃろ？」

「よっ、四日だと!?」

驚くアブリに続いて、馬鹿にされたと思ったイアンとヤミンが声を荒らげる。

「貴様!!　ふざけたことを言うな!!」

「こんな立派な砦が四日でできるはずがないでしょう!!」

アブリはバルトスに懇願するように尋ねる。

「バルトス、お主と儂の仲だ。正直に答えてくれんか。たった四日でこれほどの規模の外壁や石床を作るなど、できるはずがないだろう」

「まあ、普通はそう思うのも仕方ないかもしれんが……少し防壁のほうをじっくり見てみないか？」

「防壁？」

導かれるままにエルフ王国一行は防壁に移動する。

そしてそのあまりにも立派な建築物を目にして、彼らは改めて圧倒された。

だが、アブリは違和感を抱く。通常防壁には煉瓦《れんが》を利用するが、この防壁は煉瓦製でないと気づいたのだ。

「バルトス、この壁の材料は？」

「うむ。魔法の力で岩を加工して作りだしたのだ」

「岩を加工？　そのような魔法、聞いたことがないが……」

「そうなのか？」

バルトスは魔法に精通する森人族《エルフ》ならば分かるだろうと予想していたが、アブリは彼の言葉に眉をひそめるだけだった。

バルトスは告げる。

「これは『土塊』の魔法を利用して、硬い岩石を繋ぎ合わせて作りだした防壁じゃ。触って確かめてもいいぞ」

「『土塊』？　それは初級魔法の『土塊』のことか？」

「いいから騙されたと思って触ってみてくれ」

「う、うむ……」

アブリはバルトスに勧められるままに外壁の表面に触れ、目を見開く。

滑《なめ》らかでありながら、確かな頑丈さを感じ取った。実際触れてみて、この防壁の異様さを感じた。

「……確かに煉瓦ではない。しかし、ここまで岩を加工できるとは信じられん」

「だが、事実じゃ。これを作りだしたのは儂らではない、お主も噂には聞いたことがあるだろう？　帝国に召喚された異世界人のことを……」

「何だと!!　では、異世界人がこれを作りだしたのか!?」

「嘘っ……」

「馬鹿な……」

アブリに続き、ヤミンとイアンが驚きの声を上げる。そうして、岩製とは思えないほど見事な壁を呆然と見上げた。

バルトスはその様子を見ながら、今度は足元の石畳を指さす。

「ちなみに、この石畳も『土塊』の魔法の応用で作った代物じゃ。壁と同じように、異世界人の少年が作り上げたのだ」

アブリ、イアン、ヤミンが本日何度目かの驚きを見せる。

「少年だと!?」

「そんな馬鹿なことがあるか!!　人間にこんなことができるはずがない!!」

「そうよ!!　過去に召喚された勇者だってこんな真似はできないわ!!」

信じられないと騒ぐ森人族《エルフ》を宥めつつ、バルトスは太陽の位置を確認して時刻を計り、空を見上げた。

「論より証拠……あれを見れば分かる」

「あれだと？」

「いったい何を言って……う、うわあああああっ⁉」

「お兄様⁉」

バルトスが指さす方向を見たイアンが、悲鳴を上げて腰を抜かした。ヤミンは慌てて駆け寄るが、ふと上空を見ると、顔面蒼白となって悲鳴を上げる。

「い、いやあああっ‼」

「ヤミン⁉　どうしたのだ⁉」

アブリが心配してヤミンに尋ねると、護衛の騎士達が声を上げる。

「こ、国王様‼　あれをご覧ください‼」

その場にいた全員が空を見上げる。

空を飛行する巨大物体が、要塞に降り立とうとしていた。

「そ、そんな馬鹿な‼　どうしてこんな場所に……‼」

森人《エルフ》族達が取り乱し始める。

「りゅ、竜だ‼　しかもあの姿は……火竜だ‼」

「馬鹿な‼　どうして竜種が……‼」

「国王様!!　すぐに退避を!!」

しかし、アブリはどうにか冷静さを保っている。

「落ち着け!!　よく見るのだ!!　あれは……普通の火竜ではない」

要塞に降り立った青い火竜の頭には、少年が乗っていた。アブリは声を震わせながらも、バルトスに尋ねる。

「な、何が起きている!!　あの竜は……いや少年は何者だ!?」

「ほう、さすが。竜の正体には気づいているようじゃな」

バルトスはそう言って感心する。アブリは興奮しており、バルトスの肩を掴んでさらに問いただす。

「あの竜が本物ではないことは分かる!!　おそらくは氷属性の魔法で作りだしたものだろう!?　しかし、あのような規模の氷像を作りだす魔法など儂は知らん!!　そもそもあの少年は何者なのだ!?」

「そう焦るな。少なくとも敵ではない。今から紹介してやろう」

そこで、リーリスがその氷竜に向かって声をかける。

「ルノさ～ん!!　ちょっとこっちへ来てください!!」

氷竜に騎乗していた少年――ルノは不思議そうな表情を浮かべると、急ぎ足でバルトス達のもとにやって来た。

すると、アブリは恐慌状態に陥った。

リン同様に「魔力感知」の技能スキルを持つアブリは、ルノからとんでもなく膨大な魔力を感じ取ったのだ。

(な、何なのだ、あの少年は⁉　これほどの魔力……本当に人間なのか⁉)

おそらくアブリの数倍、下手をしたら数十倍の魔力だろう。アブリが身体を震わせていると、先ほどまで暴言を喚き散らしていたイアンとヤミンも黙り込んだ。

(ま、まさか……この少年がっ‼)

アブリは帝国で召喚された異世界人だと確信した。

ついに彼らの前に到着したルノが、不思議そうな表情のまま、バルトスに尋ねる。

「えっと……呼びました？」

「ルノ殿、こちらがエルフ王国の国王じゃ」

「あ、どうも初めまして……ルノと申します」

「う、うむ……初めまして」

ルノが丁寧に頭を下げると、アブリも慌てて頭を下げ、他の森人族《エルフ》達も一斉に頭を下げる。

森人族《エルフ》を圧倒するほどの魔力を持つ人間を見たのは、彼らといえど初めてであった。普段は人間を見下しているイアンとヤミンでさえも頭を下げている。

バルトスがルノについて簡単に説明する。

「国王よ、彼はバルトロス帝国の冒険者ギルドに所属する。冒険者のルノ殿じゃ。今回、我らの護衛として雇っておる」

「ぼ、冒険者だと？　勇者ではないのか⁉」

「勇者？」

勇者という言葉にルノは首を傾げる。自分はあくまでもクラスメイトに巻き込まれて召喚された人間だと思っているので、自分を勇者とは考えていないのだ。

バルトスが口を挟む。

「国王よ。彼は確かに勇者召喚の際に訪れた異世界人だが、勇者ではない。勇者に匹敵する力を持っているのは間違いないがのう」

「勇者ではない？　そんな馬鹿なっ……」

「まあ、落ち着け。それよりも、そろそろ本格的に話し合おうではないか。ルノ殿、呼び止めて悪かったのう」

「あ、いえ……」

「ルノさんは私と一緒に来てください。持ってきていただいた荷物の点検もしたいですし」

「うん、分かった」

「あっ……」

リーリスとともに立ち去ろうとするルノに、アブリは声をかけようとしたが、何と話しかければいいのか分からず押し黙る。

バルトスは、先ほどまで偉そうにしていた王子と王女に、ふと視線を向ける。二人は顔色を悪くしており、その様子を見た彼の胸は幾分晴れたのだった。

ちなみに、ちょうど良いタイミングでルノが姿を現したのは偶然ではない。

バルトスがゆっくりと案内を行っていたのは、ルノが戻るまで時間稼ぎをするためだった。ルノの力を見せつけて、交渉を有利に進めようと考えたのだ。


バルトスはアブリ達を、少し前にリンを招いたログハウスに連れてきた。

そして、四天王のドリアだけを護衛に付けて中に入った。一方、アブリはリンだけを護衛として付けて入る。

こうして、本格的な話し合いが開始した。

バルトスの目つきが変わり、先ほどまでの気さくな態度から一変して、威厳のある表情になる。

「では初めに、今回の問題を説明してもらうぞ。まずは我がバルトロス帝国領内に侵入したこと、そして薬草の採取及び、密輸の件についてだが……」

バルトスはそう言って、アブリを睨みつける。

バルトスの迫力にリンは気圧《けお》され、バルトスに長年仕えているドリアでさえも冷や汗を流す。アブリは焦り、無意識に謝罪の言葉を口にした。

「……すまぬ」

「謝罪を聞きたいわけではない。どうして無断で我らの領地に入り、回復薬の原料となる貴重な薬草を奪ったのだ？」

バルトスは冷たい態度で、アブリに再度理由を問う。

「さあ、説明してもらおうか。エルフ王国の行為は、バルトロス帝国への挑戦と捉えていいのか」

「………………」

バルトスの言葉にアブリは顔を伏せ、何も語らなかった。

しかし、バルトスは睨み続ける。

そんな彼に対し、アブリは意を決して席から立ち上がり――驚くべきことに、床にひざまずいて頭を下げた。

バルトスは驚いた。一国の王たる者が土下座したのだ。

「申し訳ない」

「なっ……何を考えている!!　その行為の意味を分かっているのか!?」

「分かっている!!」

バルトスは慌てて立ち上がらせようとするが、アブリは恥も外聞もなく頭を下げ続ける。さすがのバルトスも怒りを鎮め、アブリに尋ねた。

「そこまでするとは……いったい何が起きたというのじゃ？」

アブリはいったん黙ると、顔を上げて打ち明けた。

「……現在、我々のエルフ王国は未曽有《みぞう》の危機に襲われている。多数の民衆と兵士が苦しんでいるため、回復薬を補充すべく、バルトロス帝国領地の薬草に手を出してしまったのだ。今回の会談で我々が要求されたのは、謝罪金と回収した分の薬草の返却だったが……前者はまだしも、後者は用意できぬ」

「どういうことじゃ？　回復薬を世界中に輸出しているのではないのか？」

エルフ王国は世界中に回復薬を輸出しており、その利益が国を支えていると言っても過言ではない。

だが、アブリは頭を横に振って告げる。

「確かに今までは、回復薬を生産していた。しかし、現在は中止しているのだ」

「中止？　なぜだ、何か問題が起きたのか？」

「……我々の国には多数の薬草が生育しているが、最も多く栽培できるのは三日月草《みかづきそう》ということは知ってるな？　この三日月草は『栽培』スキルを持つ者なら人工栽培が可能だが、栄養が豊富な大地でなければならんのだ」

「急に何を言っておる？　何が言いたいのだ？」

バルトスが結論を促すと、国王は難しい表情を浮かべ、エルフ王国の危機について伝えた。

「地竜《じりゅう》……奴がエルフ王国領地に出現したのだ」

「地竜……竜種かっ⁉」

「竜種……‼」

予想外の言葉が出てきたことに、バルトスとドリアは狼狽《ろうばい》した。

竜種は災害獣《さいがいじゅう》とも呼ばれており、存在そのものが災害とされている。ルノでさえ火竜との戦闘では危うく殺されかけた。

アブリはさらに続ける。

「地竜は空を飛ぶことはできないが、その代わりに大地に潜り、土地の栄養を吸い上げて成長する。ここ数年、薬草の栽培量が減少していたのだが、その理由が発覚したのは、三か月ほど前じゃ。薬草の栽培地であるミドリ草原に、地竜が現れたのだ。奴はそこを縄張りにし、周囲の集落を攻撃し続けておる。よりにもよって、薬草の栽培地を支配されたことで、我々は回復薬を作れなくなってしまったのだ」

「どうしてそのことを伝えなかった‼　なぜ他国に救援を求めなかった⁉」

バルトスが叱責するように言うと、アブリは首を横に振った。

「救援を求めようにも、我々はあまりにも他国と争いすぎた。それに、我々の国が隣接しているのはバルバトス帝国のみ。だから、最初はバルバトス帝国に救援を求めようとしたのだが……多くの者から反対されたのだ」

森人族《エルフ》の大半は、人間を見下している。

だからこそ、国の大事にもかかわらず、人間が支配するバルトロス帝国に救援を求めることに反対したという。

しかし、実際に回復薬の生産が滞れば、世界中の国家から怪しまれる。

やむなく彼らは、地竜の討伐を果たすまでの時間稼ぎのためにバルバトス帝国領に忍び込み、無断で薬草の伐採を行ったのだ。

「地竜に関しては、実を言えば、それほどの脅威ではない。実際に、我が国では百年単位で出現しておる。そのせいで、今回も大きな問題とは捉えなかった。討伐軍を出せば済むと思っていたのだ……少し前まではな」

「その口ぶりだと、失敗したのか？」

「……討伐は、大きな被害は出たものの、一応は成功した。それは紛れもない事実じゃ」

「え？　討伐に成功したのですか？」

ドリアが驚いて口を挟む。

すると、国王は神妙な面持ちでゆっくりと告げる。

「地竜は単体ではなく三体いたのだ……我々が討伐に成功したのは一体だけ。残りの二体は、討伐できておらん」

「馬鹿な……竜種が三体同時に現れたというのか!?」

「そうじゃ……我がエルフ王国が誇る最強の『妖狼騎士団《ようろうきしだん》』と一万の軍隊が討伐に向かったが、一体目を倒した後に現れた二体の地竜に、全滅させられてしまった」

「なんと……あの不敗を誇る騎士団が⁉」

妖狼騎士団とはエルフ王国最強とされる騎士団で、人数は五十名程度と少ないが、彼らの一人ひとりが一騎当千《いっきとうせん》の強者として知られていた。

「二体の地竜が現れたことで混乱を起こし、討伐軍は壊滅した。帰還した兵士は百人にも満たぬ……少なくとも八千人近くの兵士が死亡してしまった」

「八千人……‼」

エルフ王国の軍隊は三万人に満たない。そこから八千人を失ったとは、被害の大きさが窺えた。

なお、エルフ王国の軍隊は他国と比べて少ないが、少数精鋭であって戦力で劣るわけではない。

過去にバルトロス帝国が三十万の大群を率いて侵攻したことがあったが、エルフ王国は人間には扱えない精霊魔法を駆使して撃退した。

ただし、エルフ王国が崩壊の危機に陥ったこともある。

八十年ほど前、獣人族《ビースト》と小髭族《ドワーフ》と巨人族《ジャイアント》が結託して、バルトロス帝国とエルフ王国に戦争を仕掛けたのだ。

その際、両国は一時的に同盟を結び、三種族と戦った。

このときエルフ王国は、獣人族《ビースト》と小髭族《ドワーフ》の四十万の軍勢によって苦戦を強いられた。バルトロス帝国に救援を求めようにも、そちらには巨人族《ジャイアント》の軍隊が侵攻しており、両国は危機に立たされてしまった。

だが、英雄が現れる。

アイラ・ハヅキという森人族《エルフ》の女性で、彼女は森人族《エルフ》でありながらバルトロス帝国に所属する軍人だった。

アイラはその類稀《たぐいまれ》な頭脳で様々な戦闘用魔道具を作り、優れた軍略を用いて、あらゆる戦いにおいて勝利をもたらした。彼女は自らを、慈母神アイリスの御使《みつか》いと名乗り、神のお告げのもとに軍隊を指揮し、圧倒的な戦力差を覆したのだ。

この奇跡から、彼女が信仰する慈母神アイリスの名前が森人族《エルフ》の間に広がり、信仰の対象として崇《あが》められるようになったという――

ともかく、現在エルフ王国に襲いかかっている危機は、当時にも匹敵するものだと言えそうだった。

バルトスは真剣な眼差しで問う。

「それで、残りの地竜はどうなったのだ？」

「ああ……今現在も王国内で暴れている。何度も討伐軍を再編成して送ったが、結果は失敗……すでに大半の兵士が負傷しておる」

「国王様!!　それ以上は……」

「構わん!!」

あまりに内部情報を明かすのでリンが口を挟もうとするが、アブリは彼女を黙らせた。そして再び頭を下げて助力を求める。

「バルトスよ……我々が頼める立場ではないのは理解しておる。しかし、どうか我らに力を貸してくれ!!」

「力を貸せとは……どういう意味だ？　まさか軍隊を出せと言うのか？」

バルトスは戸惑う。同盟を結んでいるとはいえ、国内の問題に軍事介入するのは容易なことではないのだ。

しかしアブリは首を横に振って、予想外のことを言い放つ。

「かつて、勇者は圧倒的な力で竜種を倒したという。現在、バルトロス帝国には、勇者召喚で呼びだされた異世界人がいると聞いている。つまり、先ほどお主が紹介してくれた少年……あの者を貸してくれぬか？」

ドリアが非難するように大声を上げる。

「ルノ様に地竜の討伐を行わせる気ですか!?」

バルトスは困惑し、額を押さえた。

（竜種の討伐など普通の人間には不可能……だが、ルノ殿ならば地竜を倒せるかもしれん。実際、火竜を倒した彼ならば、竜種にも対抗できるだろうが……）

帝国としては、ルノという価値がある人材を、むやみに他国に派遣するような真似は避けたかった。

しかしこのまま放置すれば、地竜によってエルフ王国が滅ぼされる可能性がある。そうなれば、隣接しているバルトロス帝国にも竜種の脅威が襲いかかるだろう。

（どうする？　ここでルノ殿を説得してエルフ王国に向かわせたとしても、地竜の討伐後にルノを返してくれる保証はない。きっと何としても引き留めようとするじゃろう……しかし、このままではエルフ王国が……）

バルトスは、頭を下げ続けるアブリを見て眉をひそめた。

もちろん、彼が嘘をついている様子はない。助けてやりたい気持ちもある。だからといってルノを派遣する約束もできず、バルトスは返答に困っていた。

×　×　×

一方、その頃。

「――ルノ君達、大丈夫かなぁっ……私も一緒に行けたら良かったのになぁっ」

帝都の王城の一室にて、勇者である陽菜《はるな》は暇そうに窓の外を見ていた。

彼女が今回の騒動に参加していないのは、治癒魔導士のリーリスが不在の間、王女ジャンヌの治療役を任されたためだ。

ジャンヌは幼少の頃から身体が弱かった。

リーリスが帝国を訪れてからは、彼女が調合する薬でジャンヌの体質は改善し、発作さえ起こさなければ普通の人のように生活できた。ただし発作を起こすと一気に悪化するため、常に治癒魔導士が待機しなければばならなかった。

今までジャンヌの世話役は、ほぼリーリスのみに任されていたが、陽菜が訪れてからジャンヌの生活は一変した。

「陽菜様、ジャンヌです。入ってもいいでしょうか？」

「あ、ジャンヌちゃん？　いいよ〜。入ってきて〜」

「では、失礼します」

扉の外からジャンヌの元気そうな声が聞こえ、彼女の付き添いの女騎士リノンが扉を開ける。陽菜の部屋に、生き生きとした表情のジャンヌが入ってきた。

以前と比べて顔色も良くなり、表情も明るくなっていた。

「陽菜様、治療の時間なのでよろしくお願いいたします」

「もう、陽菜でいいよ〜。勇者といっても、ルノ君みたいにすごくないもん」

陽菜の言葉を、リノンは力強く否定する。

「そんなことありません!!　陽菜様のおかげで、ジャンヌ様はここまで元気になられました!!　陽菜様は立派な勇者です!!」

「そ、そうかな？　そう言われると照れちゃうな～」

実際、陽菜のおかげで、病弱だったジャンヌは普通の人間よりも健康なのではないかと思われるほどになった。

以前、こんなことがあった。


陽菜がこの世界に戻ってから、しばらく経過した頃。

ジャンヌの容態が急変してしまった。しかし、そのときリーリスはルノとともに帝都を離れていた。

ジャンヌはリーリスが残した薬を飲んだが、一向に回復しない。意識が朦朧《もうろう》とし、もうだめかと思われたとき――

「大丈夫!?　身体が苦しいの!?」

「あ、貴女は……陽菜様？」

「待っててね!!　すぐに治してあげるからね!!」

偶然通りかかった陽菜が、回復魔法を施した。

本来この世界の回復魔法は、怪我は治療できても病は治せない。だが、勇者である陽菜の回復魔法は、病さえ治癒することができた。

ジャンヌの容態が、みるみるうちに回復していく。

「し、信じられません……身体が羽のように軽いです!!」

「ええっ!?」

「良かったぁっ……元気になったんだね」

ジャンヌは身体の苦痛がまたたく間に消え、それどころか身体から力が溢れるような感覚に襲われたことに戸惑った。

この日以降、発作がほとんど起こらなくなったのだった。


以来、ジャンヌは定期的に陽菜のもとを訪れ、回復魔法を施してもらうようになる。

年齢が近いというのもあり、二人はすぐに仲良くなった。治療の時間が訪れるたびに二人は談笑し、立場の違いを気にせずに交流するのだった。

「ジャンヌちゃんはどんな男の子が好み？」

「お、男の子ですか……正直、周りにいる方は年上ばかりなので、よく分かりません」

「あ、そうか……城の中に住んでいると、若い男の子と会わないよね」

「陽菜様はどんな人が好みなのですか？」

「え、私？　う〜ん……あんまり筋肉ムキムキの人は好きじゃないかな。かといって、森人《エルフ》族の国の王子さんみたいな太っている人も苦手だし」

「では、ルノ様はどうですか？　年齢も同じぐらいですし、優しいお方ですし、その……結構可愛らしい顔立ちをしてますよ」

「ルノ君……そうだね、いつも私のために美味しいお菓子を持ってきてくれるし、面白い話を聞かせてくれるし。それに、魔法を使うときはすごく格好いいよね!!」

ルノの話題になると、陽菜もジャンヌも盛り上がった。その様子を、リノンは微笑ましい表情で見つめる。

だが、不意に物音が鳴り、驚いた三人は窓を確認する。

「えっ……今、何か鳴ったよね？」

「ええ、窓に何か当たったような……」

「小鳥か虫がぶつかったのでしょうか？　外を調べてきますね。お二人はここで待っていてください」

窓から外を確認したリノンは不審に思い、部屋の外へ出ていく。

その間に、陽菜とジャンヌが窓を確認しようとしたとき——窓の外から黒い物体が飛び込んできた。

「きゃあっ!?」

「わあっ!?」

窓を割って入ってきた黒い物体が、机の上に着地する。

二人に怪我はなかった。陽菜とジャンヌは机の上に降り立った物体を見て、戸惑いを見せる。

「あ、あれ……もしかして、スラミンちゃんなの？」

「黒い……スライム？」

陽菜はその姿を見て、スラミンが入ってきたのかと思い込んだ。

そして、ちょっと怒ったふうに話しかける。

「もう、脅かさないでよ～！　……スラミンちゃん、窓を割って入ってきちゃだめだよ？　ほら、一緒に謝ってあげるからこっちにおいで～」

「待ってください、陽菜様!!　そのスライムは……!!」

警戒せずに黒いスライムに近づいた陽菜を、ジャンヌが引き留めようとした。だが、ジャンヌの手が陽菜を掴む前に――黒いスライムは告げる。


「もう、お前でいい……来い」


「えっ……」

「陽菜様」

次の瞬間、黒いスライムは触手を伸ばして、陽菜の身体を拘束する。手を伸ばしたジャンヌも巻き込まれ、ともに連れだされてしまった。

## 4

ルノをエルフ王国に派遣するか否か――

結論が出ないまま、エルフ王国との話し合いは終わった。

エルフ王国の一行を別のログハウスに案内した後、バルトスは四天王のギリョウ、ドリア、リーリスを招集する。

バルトスからエルフ王国の要求内容を改めて説明され、三人は眉をひそめた。

「何と……あの国王が頭を下げるとは驚きじゃのう」

「ですが、今回ばかりはさすがに要求は呑めません。他国の問題をルノ殿に解決させようなどと……」

「まあ、いくら何でも都合が良すぎますよね。そもそも今回の会談は、王子の引き渡しと薬草の賠償金のための話し合いじゃなかったんですか？」

バルトスは反対する三人を宥めるように言う。

「うむ、確かにお主達の言うことはもっともだが……竜種という存在の恐ろしさは皆もよく知っておるだろう？」

三人は黙り込む。三人ともつい先日、火竜とワイバーンという竜種の襲撃を受け、その恐ろしさを身をもって知ったのだ。

バルトスはさらに言う。

「エルフ王国の勢力が弱まれば、世界の均衡は崩れる。先の戦争で痛手《いたで》を負わされた獣人《ビースト》族と小髭《ドワーフ》族は黙っておらんだろう」

「昔から、森人《エルフ》族と小髭《ドワーフ》族は仲が悪いですからね」

「また、隣国である我が国も大きな影響を受けることは間違いない、か」

「それに、エルフ王国が世界中に輸出している回復薬が途切れてしまえば、世界は大混乱に陥ります。彼らより質の良い回復薬を作りだせる国家がない以上、回復薬の価値が跳ね上がるでしょうね」

ドリア、ギリョウ、リーリスも納得し始めていた。

ギリョウがあえて問題点を指摘する。

「だが、ルノ殿といえど地竜を討伐できる保証はあるまい？　火竜を倒したといっても、地竜を討伐できるのか？」

「確かにその点も問題ですよね。まあ、割とあっさり倒しちゃうかもしれませんけど……」

リーリスがそう言うと、バルトスは頷いた。

「ここは、ルノ殿に相談するしかないじゃろう。もし彼が断わっても責めることはできぬ。その場合は儂らも覚悟を決めるぞ」

「そうですね。仮にルノさんを送りだしたとしても、エルフ王国が素直に彼を返すとは思えませんし、下手をしたら存在を消そうとするかもしれません。まあその場合は、地竜ではなくルノさんにエルフ王国が滅ぼされることになるかもしれませんが……」

四人はかつて、ルノの力を見せつけられていた。

実際にルノにやり込められたドリアは、当時を思いだして顔を青くする。

「こ、怖いこと言わないでください。あの方なら本当にできてしまうだけの力を持っているのですから」

これまでルノを丁重に扱い、その存在が周辺諸国にバレれないように気を配っていたが、今回に関してはバルトスも腹をくくった。

「仕方ない、リーリスよ。彼を呼んできてくれ」

「相談するだけなら、私から伝えますよ？」

「いや、儂の口から頼みたいんだ」

「分かりました」

バルトスの命令にリーリスは従い、今頃は外の木材を運んでいるはずのルノのもとに向かった。

彼女の後ろ姿を見送りながら、バルトスは机の上に置かれたコップに手を伸ばす。そして喉を潤そうとしたとき、水面が揺れていることに気づく。

最初は気づかないほどだったが、徐々に振動は大きくなっていく。

「むっ……地震か？」

「ちょっと揺れていますね」

「……何か嫌な予感がするのう」

ドリアとギリョウも、徐々に大きくなる振動に嫌な予感を覚えた。つい先日、同じような感覚に襲われたことがあるのだ。

ギリョウがその心配を口にする。

「まさか、またオオツチトカゲが現れる予兆ではないだろうな」

「そんな、ありえません。でも、オオツチトカゲが現れたところで、ここには我々やルノ様がいるのですから大丈夫ですよ……」

「むっ……収まったのう」

「ただの地震だったようですね」

「うむ」

振動が収まってからしばらく何も起きず、ドリアとギリョウは安堵の息を吐きだそうとしたとき——

一際強烈な振動がログハウスを襲った。

「な、何じゃ⁉」

「先帝‼　机の下にお隠れください‼」

「いったい何が起きている⁉」

激しく建物が揺れ、ドリアがすかさずバルトスを抱える。そうしてバルトスを机の下に避難させた。

ギリョウが振動の正体を突き止めるべく窓に近づくと——窓の外の景色が傾いていることに気づいた。

「こ、これは……どうなっておる⁉」

地震によって建物が歪んでしまったのかと思ったが、窓から見える光景が徐々に傾いていき、建物内の家具が一気に倒れた。

ギリョウはここで、ログハウス自体が横転しようとしていることを知った。

「馬鹿なっ‼　こ、これは……‼」

「老将軍‼　いったい何が……」

「外に出ろ‼　一刻も早く先帝を外に出せっ‼」

ギリョウがドリアに指示を出すと、混乱したバルトスが声を上げる。

「な、何を言っておる⁉」

すでに建物の角度は四十五度まで傾いており、机に避難していたバルトスとドリアも壁側に追い込まれてしまう。

それどころか、ほとんどの家具が転倒して流れ、ギリョウも窓枠にしがみついて落ちないように踏ん張るのが精一杯だった。

「こ、このままでは……ドリア!! 魔法で壁を壊せ!!」

「し、しかし……」

「早くしろ!! 取り返しのつかないことになるぞ!!」

ギリョウの言葉にドリアは目を見開き、とっさに手のひらを構える。そして、壁に向けて砲撃魔法を放った。

「『ストームバレット』!!」

「ぬおっ!?」

風属性の砲撃魔法の中で最高威力を誇る魔法が放たれ、壁を破壊した。

その結果、壁際でまとまっていた家具とともに、バルトス、ドリアの身体が空中に投げだされた。

二人を追いかけるようにギリョウも飛び降りる。

彼らは、地上から十メートルも離れた場所にいた。

「ど、どうなっておるのじゃ!?」

「先帝!! 机にしがみついてください!!」

「頼むぞ、ドリア!!」

空中に放りだされた三人が机を掴むと、ドリアは意識を集中させ、ルノを見倣《みなら》って密《ひそ》かに鍛えていた初級魔法を放つ。

「『風圧』!!」

「おおっ!!」

ドリアの手のひらから放たれた強風が、机を一瞬浮き上がらせる。そうしてドリアは、風をコントロールしながら、ゆっくりと机を地上に着地させた。

バルトスとギリョウが、ドリアに感謝を伝える。

「ふうっ……助かったぞドリアよ」

「さすがは帝国で二番目の魔術師じゃな」

「そう言われると複雑な気分ですが……ありがとうございます」

ドリアは笑みを浮かべるが、即座に後方を振り返って、さっきまで自分達がいた建物がどうなったか確認する。

「こ、これは!?」

「何が起きている!?」

ログハウスがあった場所の地面が盛り上がり、石畳を剥がし落としながら隆起していく。そうしてできた土の隙間から、生物の瞳が現れる。

瞳は、バルトス達のことをしっかり捉えていた。

そのあまりにも巨大な瞳に三人は圧倒される。やがて、盛り上がった地面から巨大な生物の顔が出現した。


「オァアアアアアアアアアッ……‼」


不気味な咆哮が響き渡り、間近にいた三人は鼓膜が破れるのではないかというほどの声量に、耳を押さえる。

要塞内にいた他の者達も異変に気づいて作業を中断し、姿を現した巨大生物に視線を向ける。

「な、何だ⁉」

「竜……かっ⁉」

「ば、馬鹿な……あれはっ‼」

エルフ王国の集団も外に飛びだし、その生物の顔を見た瞬間、顔面蒼白となった。それほどまでに、彼らにとって恐怖の対象と言える存在だった。

「まさか……どうして奴がここに‼」

「国王様‼　お逃げください‼」

「くそっ‼　ここまで追いかけてきたのか‼」

「そ、そんな……」

「う、嘘だ……」

アブリの周囲にいた兵士達が国王を守るように武器を構える。イアンとヤミンは呆然と立ち尽くしていた。

別の場所で休憩していたデブリも異変に気づき、悲鳴を上げる。

「じ、地竜ぅううううっ⁉」

「お、王子‼　落ち着いてください‼」


やがてログハウスを下から持ち上げ、地竜がその全貌を晒した。

大きさは火竜を上回り、全長三十メートルを超える。この星の生物の中で、最大級を誇る巨体である。

大きな顎が特徴的で四肢は短い。背中には岩山のような突起がいくつもあり、その外見は竜というよりは亀に近かった。

「オオオオッ……‼」

突如として出現した地竜に、誰もが混乱して対処できない。

地竜は背に乗っていたログハウスを乱暴に振り飛ばすと、目の前にいたバルトス達に向けて顎を叩きつけた。

「オァアアアアアッ‼」

「まっ――⁉」

逃げる暇もなく、上空から迫りくる地竜に対してバルトスは目を見開く。とっさにドリアとギリョウが彼を庇おうとした。

しかし、そんな彼らの背後から影が近づき、三人の身体を掴んで走り去った。

「ウォンッ‼」

「ぬおっ⁉」

「おおっ⁉」

「うおっ⁉」

三人を救いだしたのは、背中に鞍《くら》を付けた黒狼種のルウである。彼はその大きな口を器用に使って三人を持ち上げた。

直後、三人がいた場所に地竜の顎が激突する。

「ウォンッ‼」

「ぬおおっ⁉」

「わああっ⁉」

「おおっ⁉」

ルウは高く跳躍し、地竜によって生じた振動と土煙を回避した。しかし、その一撃によって地面に巨大な亀裂《きれつ》が生まれ、要塞内の人々は悲鳴を上げる。

「うわあああっ⁉」

「ば、化け物だぁっ‼」

「落ち着け‼　全員、外に退避しろ‼」

激しい振動に襲われながらも、人々は避難していく。エルフ王国の兵士達は、王族を避難させるため出入り口に向かった。

「国王様、こちらへ‼」

「ちょ、ちょっと‼　私を置いていかないで‼」

「くそっ‼　どうして‼」

アブリの後ろからイアンとヤミンがついてくる。二人が後ろを振り返って地竜に視線を向けると、予想外の人物を発見した。

「父上‼　あ、あそこ……‼」

「デブリじゃないの⁉」

「何じゃと⁉」

二人の言葉にアブリが振り返ると、そこには護衛とともに走るデブリの姿があった。彼は体形に似合わず重機関車のように疾走していた。

「うおおおおっ‼　早く逃げろぉおおっ⁉」

「お、王子‼　そんなに速く動けたんですか⁉」

「ダイエットの効果がもう表れたのですね⁉」

火事場の馬鹿力を発揮したデブリが凄まじい速度で駆け抜けていく。アブリ達は目を丸くして、デブリが通りすぎていくのを見送った。

だが、アブリ達は我に返ると、デブリの背中に向かって声をかける。

「ま、待て、デブリ‼　儂じゃ‼　お主の父親だぞ⁉」

「デ、デブリ‼　私達より先に逃げるとはどういうことですの⁉」

「弟ならば我らの囮《おとり》ぐらいは務めろ……いや、速《はや》っ⁉」

アブリ達の声にデブリは気づく様子はない。デブリと護衛は要塞の唯一の出入り口に到着するやいなや、あっという間に通り抜けていった。

「デブリがあそこまで動けるとは……」

「感心している場合ではないですよ‼　我々も早く脱出しなければ……」

「だが……」

デブリは要塞から出られたが、彼の後には大勢の人々が殺到し、たった一つしかない出入り口はすごい人だかりだった。

列も整理されておらず、このままでは抜けだすのに相当な時間がかかりそうだ。出入り口の混乱がアブリ達の耳にも届く。

「ひいいっ!!　ど、退《ど》け!!」

「おい、押すなよ!?」

「は、早く行けよ!!　殺されちまう!!」

「馬鹿野郎!!　兵士が真っ先に逃げてどうするんだよ!!」

「馬鹿はお前だ!!　あんなのに勝てるはずがないだろ!?」

殺到した群衆が我先にと争っている。あまりに大勢の者が押し寄せたことで、出入り口は完全に詰まってしまった。争っている場合ではないのだが、混乱を起こした集団を落ち着かせるのは難しく、誘導する者の声に誰も耳を貸さない。

「いかん……これでは外に出るのに時間がかかるぞ」

アブリがため息をついてそう言うと、イアンが顔を紅潮させて叫ぶ。

「くっ……おい、お前ら!!　武器を持っている者は奴らを蹴散らせ!!」

イアンは剣を引き抜いて人混みに向けて駆けだそうとする。

「お兄様!?」

「落ち着いてください、王子!!」

リンがイアンを無理やり引き留めたが、イアンは罵声を浴びせかける。

「これが落ち着いていられるか!!　奴らをどうにかしなければ僕らは殺されるんだぞ!?　早く魔法を撃て!!　人間がどうなろうと知ったことじゃない!!」

「やめんかっ!!　いったい何を言いだすのだ!?」

アブリが叱責しても興奮したイアンは収まらない。

「うるさい!!　皆がやらないというのなら僕が……!!」

「お、お兄様……」

いつも兄と一緒になって騒いでいるヤミンも怯えていた。

見下しているとはいえ、邪魔になるという理由で人間を殺そうとするイアンに、他の森人族《エルフ》は全員引いている。

逃げ惑う彼らを嘲笑《あざわら》うように、地竜が再び咆哮を放つ。


「オァアアアアアアッ!!」


要塞の外壁が振動し、その場にいた者達が耳を押さえて伏せた。

出入り口に殺到していた者達は争うのをやめ、一瞬秩序が回復したように思われたが――そんな彼らに向けて地竜はゆっくりと歩み始める。

「オオオオオオッ……!!」

地竜の動きは緩慢だが、三十メートルを超す巨体であるため一歩が大きく、進むごとに大地が大きく揺れる。

地竜は人だかりができていた要塞の出入り口に視線を向ける。

「オァアアアア……ッ!!」

再び地竜は顎を上げ、両前足を空高く振り上げると、その勢いで全身でぶつかろうとする。

どう足掻《あが》いても逃げることはできない。その場にいた全員が死を覚悟したとき——上空から一つの影が飛来した。

「必殺!!　当て逃げっ!!」

「オアアッ!?」

立ち上がった地竜の頭部に、大型トラックの形をした「氷塊」が突っ込む。

「オァアアアアッ……!?」

体勢を崩した地竜が後ろ向きに倒れ、激しい土煙を舞い上げた。

その光景を確認したルノは、車体が歪んだ氷のトラックを乗り捨て、足元に氷板《スケボ》を作りだして滞空する。

「何だこの怪物……亀?」

地上からルノに呼びかける声が上がる。

「ルノさぁんっ!!　そいつは地竜ですよっ!!」

彼が下に顔を向けると、ヘルメットの代わりのフライパンを被ったリーリスがおり、必死に手を振っていた。

「外見は亀みたいですけど、そいつは竜種です!!　火竜よりも頑丈ですけど、火は吐いたりしないので安心してください!!」

「分かった!!　リーリスも早く避難して!!」

「頼みましたよ～!!　ほら、逃げるんですよぉおおおっ!!」

リーリスはそう叫ぶと、漫画のように土煙を舞い上げながら駆け抜けていった。素早さが高い職業ではないはずだが、なかなかの脚力だった。

ルノは、ひっくり返された亀のようにもがく地竜に視線を向けると、容赦なく攻勢に打って出ることにした。

「竜種が相手か……それなら最初から全力だ!!」

「オアアッ……!?」

相手の上に飛んでいくと、ルノは手のひらを構えて、「灼熱」の強化スキルを発動した状態で「火球」の魔法を放つ。

彼の周囲に無数の「火球」が浮かんでいる。

その数は百や二百ではなく、下手したら千を超えていた。そうした「火球」が、剥きだしになった地竜の腹に叩き込まれる。

「だぁあああっ!!」

無数の「火球」が地竜に衝突した瞬間、爆裂音とともに火柱が立ち上り、地竜の声にならない悲鳴が響き渡る。

要塞の出入り口に殺到していた者達は、その光景を見つめて唖然としていた。そして、少年が地竜を圧倒していると理解して歓声を上げる。

「す、すごい!! あんな魔法、見たことない!!」

「あの方が勇者だ!! 真の勇者だ!!」

「あれほどの数の『火球』を操るとは……まさに千の魔術師だ!!」

そこへ、リーリスがちょうどたどり着く。リーリスは呑気に観戦している彼らを一瞥すると、大きな声で叱責する。

「阿呆ですか、貴方達は!! さっさと出てください!!」

全員ぽかんとしていたが、彼女は地竜を指さす。

「ここに残っていたら、ルノさんが思いっきり戦えないでしょうが!! こんな逃げ場のない場所にいたら戦闘に巻き込まれますよ!!」

「そ、そんな……!!」

「焦らず、急いで、全力で外に出てください!! 外には黒狼さん達がいるので、魔物に襲われる心配はありません!!」

ルノという心強い味方が戻ってきたことで、皆、冷静さを取り戻した。争うのをやめ、彼らは移動を開始する。

そこへ、エルフ王国の一行がやって来た。先頭を走るイアンが怒鳴り声を上げる。

「ど、退《ど》け!!　僕達を先に行かせろ!!　僕を誰だと思っている!?」

「落ち着け、イアン!!　誰か、その馬鹿者を押さえろ!!」

「お兄様……」

イアンが出入り口の列を乱して割り込もうとするが、その場にいた兵士が押さえつけた。その後すぐ、ルウに乗ったバルトス、ギリョウ、ドリアがたどり着く。

ルウにまたがりながら、バルトスはアブリに尋ねる。

「国王よ!!　全員無事か!?」

「うむ。お主も大丈夫だったのか……それにしてもあの少年、あれが勇者なのか!?」

「勇者というのは本人は否定しているがのう……ここは彼に任せるしかない」

バルトスがそう告げると、ドリア、ギリョウが言う。

「困ったときのルノさん頼みですよ」

「情けないのう……また彼にすべてを任せることしかできないとは」

「自分の不甲斐なさに嫌気がさします」

竜種との戦闘は、ドリア達では手助けすらできない。あまりにも力の差があるため、助力しようにも力不足なのだ。

兵士に押さえ込まれたイアンが声を上げる。

「放せ!! 父上、このままでは殺されますよ!!」

「落ち着かんか!! ここで騒いだところでどうしようもないだろ」

「何を言うのですか!! くそ、こうなったら僕の魔法で……うぐっ!?」

リンが、騒ぎ立てるイアンの腹部に強烈な一撃を繰りだした。イアンは苦悶の表情を浮かべてひざまずき、気絶は免れたが痛みで動くこともできない。

「……申し訳ありません」

「リ、リン将軍!? いったい何を……」

小声で謝罪の言葉を言うリンに、森人《エルフ》族の護衛達は困惑していた。

アブリがざわめく護衛達を叱責する。

「静まれ!! よくやった将軍……この馬鹿息子は後で説教をする必要があるな」

「ち、ちうえ……!?」

イアンは悔しげな表情を浮かべ、アブリを睨みつける。

「むやみに騒ぎ立てるな。奴がこちらに注意を向けたらどうする? 儂らだけではなく、彼らも巻き添えにする気かっ!!」

「ぐうっ……!!」

実際、ここで不用意に騒ぎ立てて地竜の気を引くわけにはいかない。今は大人しく人混みが解消されるまで待機するしかなかった。

「オオオオッ!!」

「螺旋氷弾!!」

黒煙を身体にまといながらも起き上がる地竜に対し、ルノは氷板《スケボ》で移動しながら螺旋状の氷の砲弾を放った。

高速回転が加えられた砲弾が地竜の額に衝突するが、あまりの硬度に弾かれてしまう。

地竜は、竜種の中でも最高クラスの硬度を誇る。強力な螺旋氷弾でさえ、その身体の表面を削り取るのが限界だった。

「硬いな……攻撃方法を変えてみるか」

「オオオオッ……!!」

ルノは氷板《スケボ》を旋回させて、上空に浮き上がった。

「この高度までは届かないみたいだな」

隙を突いて攻撃を仕掛けたいが、火竜よりも頑丈な外殻に覆われているので、生半可な攻撃は通用しないだろう。

そう考えたルノは、火属性、風属性、闇属性の強化スキルを発動する。

「これならどうだ……黒炎槍!!」

「オアッ……!?」

三つの属性と三つの強化スキルを発動させた黒炎の槍は、彼の魔法の中で最高威力を誇る。しかも「命中」の技能スキルも利用したうえで、地竜の眼球に向けて放った。

「アアアアッ……!?」

「効いたっ!!」

さすがに眼球は弱点なのか、やっとダメージらしいダメージを与えられた。

地竜は悲鳴を上げながら身体を沈ませる。その様子を確認したルノは攻撃の手を止めることなく、続けて背中に向けて攻撃を繰りだす。

「黒炎槍!!」

「オオオオッ……!?」

今度は複数の黒炎槍を生成し、背中に向けて放った。

一発一発がミサイル級の威力を誇る黒炎槍が、亀の甲羅のような地竜の背に亀裂を生じさせる。

さらにルノは、その亀裂に向けて螺旋氷弾を撃ち込んでいった。

「硬い物ほど砕けやすい!!」

「オアアアアッ!?」

螺旋氷弾は高速回転しながら亀裂の隙間に入り、ひび割れを広げるように突き刺さる。ルノは容赦なく次々と螺旋氷弾を撃っていった。

「この調子なら……」

「ウオオオオオッ‼」

だが、背中を集中的に攻撃された地竜は怒りの咆哮を放った。そして身体を縮ませると、驚くべきことに、跳躍して空中のルノに体当たりを仕掛けた。

「うわっ⁉」

ルノはとっさに氷板《スケボ》を操作して回避する。

地竜は二十メートルほど飛び上がると、器用に身体を一回転させ、背中から地面に向けて落下する。

オゴォオオオオオオッ‼

これまでで一番の、巨大隕石が落ちてきたような激しい衝撃が地面に伝わった。

空中のルノにさえ衝撃波が届く。

地上は濃い土煙に覆われている。避難していた人達の安否を確かめるため、ルノは手のひらを構えて魔法を放つ。

「『風圧』‼」

ルノの手から放たれた突風が土煙を払い、要塞内の様子を晒した。

そこには、巨大なクレーターができていた。要塞内の建物は消失しており、外壁の三割近くが崩壊している。

ルノは唇を噛みしめ、怪我人がいないかを確かめる。

「皆!!　無事なの!?」

荒れ果てた地上に向けて大声を出すが、返事をする者はいない。ルノは不安になり、出入り口のほうに視線を向ける。

人混みが消えていることに気づく。

「いない……ということはもしかして!!」

氷板《スケボ》を移動させてさらに上昇すると、要塞の外に広がる草原に大勢の人々が集まっているのが見えた。

その中には、最後尾にいたエルフ王国一行とバルトス達の姿もあった。どうやら無事に戦闘の最中に抜けだしていたようだ。

彼らはルノに気づくと、大声で呼びかけた。

「ルノ殿!!　無事かぁ!?」

「こちらは全員避難しましたよっ!!」

「地竜はどうなった!?」

皆の無事な姿を見て安心する一方で、すぐに違和感を覚える。

「どこだ!?」

どういうことなのか、地竜が消えていた。あれほどの巨体を見逃すなどありえないが、地竜はどこにもいない。

ふと、クレーターに視線を向けると、その中心部に大きな穴が生まれていた。ルノはその中に地竜が潜り込んだことに気づく。

「逃げられた……いや!!」


「――オアアアアアッ!!」


再び地面に振動が走り、別の場所の地面が隆起すると、地竜が姿を現した。

しかし、ルノが与えた左目と背の傷が消えており、まるで再生したかのようだった。

「傷が治っている……地面の土を吸収して修復したのか？」

「オオオオオオッ……!!」

「ああ、もう……それならこっちもやってやる!!」

今度は、再生できないほどの損傷を与えればいいだけの話だ。そう考えたルノは両手を広げて魔力を集中させると、通常よりも巨大な氷竜を作りだした。

「これでどうだ!!」

「オオオッ……!?」

地竜の目の前に出現したのは、火竜を遥かに上回る巨躯の氷竜であり、その全長は三十メートルを超える。

目の前に現れた氷竜に対し、地竜は臆さずに向かい合った。

「いくぞぉおおおっ!!」

「オアアアッ……!!」

氷竜と地竜が同時に動きだし、二体の巨竜が激突する。地震のような振動が地上に走り、氷竜の巨体が揺らいだ。

「おっとと……さすがに強いな、だけどこれぐらいなら!!」

「オオッ……!?」

氷竜は地竜の背中を掴み、そのまま持ち上げる。何千トンもあると思われる地竜の巨体が徐々に浮き上がり、そのまま地面に叩きつけられた。

「まだまだ!!」

「オアアアッ!?」

氷竜は地竜に頭突きをくらわせ、さらに両腕で殴りつけていく。

地竜の肉体に何度も拳が叩きつけられると、地竜の身体に再び亀裂が生じた。一方、地竜は攻撃を加えられながらも戦意は衰えておらず、細長い氷竜の首に噛みついた。

「アガガッ……!!」

「無駄だっ‼」

「オガァッ⁉」

氷竜は外見は青い火竜だが、身体を構成しているのは氷でしかない。そのため、どれほど攻撃をされようともダメージは受けない。

氷竜は首に噛みつかれながらも地竜の肉体を掴み、恐るべき怪力で持ち上げて振り回した。

「うおおおおっ‼」

「オオオオオッ⁉」

それから地竜を空中に放り投げると、氷竜は追いかけるように飛翔し、地竜の腹部に両足を叩き込んだ。

「これでどうだっ‼」

「オアアアアッ……⁉」

地竜は落下していき、地面に衝突する。

その瞬間、周囲に衝撃波が走り、再び地面にクレーターが生じた。それでもルノは攻撃の手を緩めない。

今度は地中に逃がさないように地竜に覆いかぶさると、すかさず地竜の首に噛みついた。

「このまま一気に……‼」

「ウオオオオオッ……⁉」

地竜は必死に暴れて逃げだそうとするが、亀が転がされたように四肢をばたつかせるだけでどうにもできない。

氷竜の牙が首の硬い外皮を削り取っていく。

ルノがさらに氷竜の牙をくい込ませようとしたとき、地面にまたも振動が走った。

「何だ!?」

何事かと周囲の様子を窺っていると、要塞内の別の場所の地面に亀裂が入り、予想外の存在が出現する。


「オオオオオオッ……!!」


地上に姿を現したのは、隻眼《せきがん》の地竜だった。

氷竜が押さえつけている個体とは別の地竜が出現したのである。

見覚えのある傷痕が残っており、ルノが最初に攻撃して損傷を与えた地竜と見て間違いない。どうやら初めから、地竜は二体いたようだ。

「二体もいたのか……うわっ!?」

「オアアアアッ!!」

ルノの意識が逸れたことで氷竜の動作が鈍《にぶ》る。

その隙に、押さえつけられていた地竜が氷竜を引き剥がした。さらに身体を回転させて、今度は逆に氷竜を押さえつける。

「オオオオオッ……!!」

「オアアアアッ!!」

「くっ……!!」

ルノは二体の地竜を相手取る形となり、どちらから対応するべきか悩む。新しい氷竜を作りだしたとしても、一人で二体の氷竜を操作することは難しい。

「ウオオオオッ!!」

ルノが考えている間に、さらに地竜が動きだす。

氷竜を押さえつけていた地竜が、前脚で氷竜の頭を踏みつけた。そして何度も足を振り下ろし、氷竜の頭部を破壊していく。

ルノは確実に一体を仕留めるため、「絶対零度」の強化スキルを発動させる。

「これは使いたくなかったけど……凍りつけ!!」

「オアアッ!?」

頭部を踏み砕かれながらも、氷竜の胴体が地竜の肉体に絡みついていく。

地竜は必死に引き剥がそうとするが、氷竜から放出される強力な冷気によって動きが鈍くなっていき、徐々に凍りついていった。

「オアッ……アアッ……⁉」

「オオオオッ‼」

「助けようとしているのか？　でも、もう遅い‼」

凍りついていく仲間に、もう一体の地竜が近づくが、たどり着く前に完全に凍結した。

ここで重要なのは、魔法で作りだした氷はルノの意思で自由に操作できるということ。つまり、凍った地竜は彼の力で操作できるのだ。

「これで……どうだ‼」

「オォオオオオッ……⁉」

凍った地竜が浮き上がり、接近してきたもう一体にぶつかる。二体の地竜が衝突した瞬間──今日一番の衝撃が地面に走った。


「オァアアアアッ……」


地面に重なるように倒れた地竜に視線を向け、ルノは額から汗を流しながら、地上にゆっくりと着地する。

「ふうっ……何とかなったな」

地竜ほどの巨体を凍らせるのは苦労したが、無事に倒せた。

「それにしてもすごい被害だな……」

せっかく作った防壁は半壊し、石畳には大きなクレーターがいくつも形成されている。この状態ではもう、要塞としての役目は期待できそうにない。

「それもこれもこいつらが悪いんだ。何でよりにもよって、ここに来たのやら……」

「ルノさ～ん!!」

声をかけられて視線を向けると、皆の姿があった。

全員、横たわる地竜に視線を向けている。エルフ王国の一行に至っては、腰を抜かすほど驚いていた。王子と王女は青い顔をしてルノを見ている。

「みんな!!　無事ですか!?」

「う、うむ……何とかな」

「いや、助かりましたよ。まさかこの場所に地竜が現れるなんて……」

駆け寄ってきたルノを迎え入れたのは、リーリスだけだった。その他の者達は、目の前で起きたことが未だに信じられず呆然としている。

アブリが震えながら言う。

「ゆ、勇者殿……よくぞあの悪魔達を倒してくれた。感謝するぞ」

「いや、別に勇者じゃないですけど……」

続いて、彼の子供達も礼を言ってくる。

「あ、ありがとうございます」

「お見事でした」

「…………」

イアンとヤミンは怯えた表情を浮かべ、言葉遣いを正していた。だが、彼らとは対照的にデブリはどこかムスッとしている。

デブリがルノに声をかける。

「お前……ルノと言ったよな」

「こ、これ!! 口に気をつけんか!!」

アブリが慌てて叱りつけるが、デブリはそれを無視してルノに尋ねる。

「お前がこいつらを倒したんだよな？」

「そうですけど……」

ルノが答えると、デブリは真剣な表情のまま言う。

「……本当にすごいよな、お前」

「え？」

「……国の危機を救ってくれて、ありがとうございました」

デブリはそう口にすると、その場で膝をつき、ルノに深々と頭を下げた。

「デブリ!?」

デブリの行動に、唖然としたアブリが声を上げる。

子供達の中でもっとも他人に頭を下げることを嫌っていた彼が、衆目の前で感謝の言葉を告げたことに驚いたのだ。

ただし、王族が頭を下げるのは好ましくない。

アブリがデブリを叱る。

「デブリ王子よ‼　いくら恩人とはいえ、一国の王子が軽々とそのようなことをしてはいかん‼」

「母上が言っていたんだ……恩人に対して礼儀を尽くさない最低の森人族《エルフ》にはなるなって」

「王子……」

護衛のハヅキが国王への非礼を咎《とが》めようとしたが、言葉を呑み込んでデブリの行動を見守る。

デブリは立ち上がると、ルノと向き直った。

「でも、僕はお前が嫌いだよ。お前も僕のことが嫌いなんだろ？」

「えっと……」

「お前のペットを殺そうとしたもんな」

「まあ、そうですね」

どんなにデブリが反省しようが、彼が西の森でルノの友達であるルウとロプスを狙い、その命を奪おうとした事実は変わらない。

ルノがデブリを許せないと思う一方で、デブリもルノを嫌っている。ルノに苦痛を与えられたことは間違いないのだ。

それでもデブリは頭を下げた。母の教えに背《そむ》きたくなかったからだ。

「改めて言わせてくれ……僕の国を救ってくれてありがとう」

「……どうも」

エルフ王国が地竜に苦しめられていたことを知らないルノは、感謝されて不思議に思いつつも、デブリに手を伸ばした。

二人は握手を交わした。すでに互いを憎む感情はほとんど失せていた。

デブリは苦々しい表情を浮かべて呟く。

「お前がもっと嫌な奴だったら良かったのに……」

「ええっ⁉」

二人のやりとりを見守っていたリーリスが口を挟む。

「あ～……もういいですか？　じゃあ、これからのことを話し合いません？」

彼女は無残に倒れている地竜に視線を向け、後片付けが山積みであることを示す。

ルノが疲れた表情で告げる。

「とりあえず、地竜の死骸は後回しにして……今日のところは王城に避難しましょうか。さすがにあんなのが現れたこの場所で、夜を過ごすわけにもいかないでしょう」

「そうじゃな。あの二体がここに現れたのは偶然とは思えん。アブリ国王よ、お主にも聞きたいことがある。共に来てくれるな？」

バルトスはそう言って、アブリのほうを見る。

アブリは困惑して声を上げる。

「だが、今から出発したところで、近くの街にたどり着く頃には夜を迎えるぞ」

「その点は大丈夫じゃ。ルノ殿の力を借りればな」

「結局、ルノ様に頼ってばかりですね。いろいろと迷惑をかけて申し訳ありません」

リーリスにそう言われ、ルノは首を横に振った。

「いえいえ、お気になさらずに」

こうして白原にて行われた会談は無事終了し、突如として襲撃してきた二体の地竜はルノの手によって葬《ほうむ》られた。

エルフ王国一行は、今後のことを話し合うため、近くの街まで移送されるのだった。

×　×　×

細々とした政治の話し合いも終わり、エルフ王国の一行は帰国することになった。ルノは氷車で、彼らを白原まで送り届けてあげた。

なお、この送り迎えには、バルトスをはじめとした移送部隊に参加した面々も同行している。

「じゃあ、気をつけて帰ってくださいね」

「うむ。ルノ殿にはいろいろと世話になった……これ!! お前達も礼を言わんか!!」

「「……ありがとうございました」」

ルノの目の前でイアンとヤミンが頭を下げ、最後にアブリも頭を下げる。デブリは相変わらずムスッとしていた。

そして彼らは馬車に乗り、エルフ王国に向けて去っていった。

ルノは彼らが見えなくなるまで、手を振り続けるのだった。


イアンがアブリに尋ねる。

「……父上、これからエルフ王国はどうなるのでしょうか」

「どうもこうもない。地竜が倒されたとはいえ、人員や薬草の被害がなくなったわけではない。しばらくの間は、復興に力を注がなければならん」

「いえ、確かにそれも問題ですが、私が言いたいのは……」

「バルトロス帝国との関係、か」

イアンにそう問われ、アブリは額に手を当てて考え込んだ。

エルフ王国は、今回の一件で大きな損害をこうむった。それでも時間をかければ、復興できるだろう。

問題なのは、バルトロス帝国との関係だ。

すべての国家の中で最大兵数を誇るバルトロス帝国を敵に回すことはできないが……何より、バルトロス帝国にはルノがいる。

もし戦争に発展するようなことがあれば、エルフ王国は間違いなく滅ぼされてしまうだろう。

アブリはため息交じりに言う。

「まさか、勇者があれほどの力を持つとはな……今後は帝国との接し方も丁重に行わなければならん。人間だからといって見下すような真似はするのではないぞ」

「分かっています。あんなのを敵に回すと考えたら……」

「せ、背筋が凍りますわ」

「………」

イアンとヤミンはアブリの言葉に頷いた。デブリも黙り込んだまま俯く。

ともかく、ルノによって今まで均衡していた国家のパワーバランスが大きく崩れたのは間違いなかった。

イアンは苛立たしそうに言う。

「父上!!　こうなったらあの男をこちらに引き寄せましょう!!　そうすればエルフ王国は今まで通り、いや今まで以上に……」

「言いたいことは分かるが、それは無理な話だ。帝国も我らがそう動くと考えて、帝都に彼を引き留めておる。簡単に接触できる相手ではない」

「ならば暗殺者を送り、秘密裡《ひみつり》に始末すれば……」

「馬鹿者‼　我が国の恩人だぞ‼　そもそも地竜を葬り去った男に暗殺者など仕掛けて倒せると思うのか⁉」

「うっ……」

アブリの剣幕にイアンは押し黙った。

それでもイアンは納得できず、再び口を開く。

「し、しかし父上‼　あれほどの力を持つ人間がバルトロス帝国にいる以上、我らはどうすればいいのですか？　このまま黙って奴が死ぬまで、バルトロス帝国の顔色を窺って暮らさなければならないのですか‼」

「……仕方なかろう」

イアンの考えは極端だとしても、彼の言わんとすることは、アブリにも分かっていた。この状況が続けば、エルフ王国はバルトロス帝国に頭が上がらないままなのだ。

さらにイアンは続ける。

「父上‼　もしも奴が子供を作り、その子供が奴の力を引き継いでいた場合、どうするのですか⁉　いや、下手をしたらバルトロス帝国の王女と奴が結ばれれば……‼」

「それはまずいですわ‼」

「むうっ……」

ヤミンもアブリも絶望的な気持ちになった。

確かに、そうなる可能性は否定できない。ルノの血筋がバルトロス帝国に取り込まれれば、彼のような化け物が王族に生まれることになる。

頭を抱えるアブリに、それまで黙っていたデブリが声をかける。

「あの……父上、一つ聞いていいですか？」

「む？　どうした？　何か気になるのか？」

すると、イアンとヤミンが怒鳴りつける。

「お前は黙っていろ!!　今回のことはすべてのお前の責任だぞ!!」

「その通りよ!!　あんたがバルトロス帝国に出しゃばらなければこんなことには……」

アブリは二人を黙らせ、デブリの話に耳を傾ける。

「デブリ、何が言いたい？」

デブリが口にしたのは、誰も予想だにしないものだった。

「あのルノが、勇者召喚に巻き込まれて召喚された人間だというのなら……我らも異世界人を召喚するのはどうですか？」

## 5

エルフ王国一行を送り届けたルノ達は、王城へ戻ろうとしていた。

ルノが「氷塊」で作りだした飛行機のおかげで、いち早く帰還することができたのだが——到着した王城の裏庭で、リーリスがルノに不満を漏らす。

「ううっ……ルノさんの『氷塊』の魔法で作りだす乗り物は寒いのが欠点ですね。暖房ぐらい付けてくださいよ」

「分かった。じゃあ、次からは飛行機の中に火を浮かべておくよ」

「それだと氷が溶けますから!!」

コトネがぽつりと呟く。

「……大丈夫、そのときは風呂敷で空を飛ぶ」

「忍者っ!?　コトネさんは暗殺者じゃなくて忍者だったんですか!?」

「まったく騒がしいのう、無事に帰ってこられたというのに……」

バルトスが彼らのやりとりを見て呆れていると、王城の者達が集まってきた。その中には、皇帝バルトロス、四天王で留守番を任されていたダンテがいた。

皇帝はバルトスにすがりつくと、彼の胸に顔を押し当てて泣き崩れた。

「兄上、兄上ぇっ‼」

「ど、どうした弟よ。そんなに騒いで大げさな……儂らが戻ってきたのが、そんなにも嬉しいのか？」

するとと、ダンテが首を横に振って言う。

「違う、そうじゃないんだ、先帝……‼」

「ダンテ？　お主もどうしたのだ、その顔は……」

ダンテの顔は蒼白であった。

バルトスは二人のただならぬ様子を見て、王城で何かが起きたのだと悟る。

「弟よ、説明してくれ」

「ジャ、ジャンヌが……陽菜殿が……攫《さら》われたのだ‼」

俯いて膝をついた皇帝の言葉に、バルトス、リーリス、ルノが声を上げる。

「何じゃとっ⁉」

「ジャンヌ王女が⁉」

「陽菜さんも⁉」

バルトスが質問する前に、ダンテがスッと手紙を差しだす。

「王女の護衛をしている女騎士がこれを見つけたんだ。彼女が少し目を離した隙に、二人は姿を消してしまったのですが……代わりにこの手紙が残っていた」

「手紙、ですか？」

ルノが尋ねると、ダンテは頷きつつも少し苦々しそうな顔になる。

「ああ。だが文字が読めないんだ。いったいどこの国の文字なのか、それとも何かの暗号なのか……とにかく見てくれ」

リーリスは手紙を受け取るやいなや目を見開く。

「どれどれ……こ、これはっ!?」

バルトスが覗き込むも、文字が解読できず顔をしかめる。しかし、ルノにはその文字が理解できた。ルノは思わず口にする。

「これは……まさか、日本語!?」

「ええ、間違いありません……!!」

リーリスが頷くと、バルトスは首を傾げる。

「……にほんご？」

手紙の文字は日本語で記されていたため、ルノと元日本人であるリーリスは読み取れた。手紙には次のように記されていた。

勇者と王女は預かった。

この女を返してほしければ、帝都の北にある「黒原《こくげん》」へ来い。

日没までに間に合わなければ、二人とも殺す。

魔王

手紙にはご丁寧にも記名されていた。

差出人の名前は、魔王。魔王軍のトップであろうその名を見て、ルノはリーリスと顔を見合わせる。

バルトス、ドリア、ダンテ、コトネが二人を問い詰める。

「おい、どうしたのじゃ、二人とも。まさか、その手紙を解読できるのか？」

「いったい何と書かれているんですか？」

「黙ってないで答えろよ!!」

「……ルノ？　リーリス？」

ルノは空を見上げる。そして、間もなく夕暮れを迎えようとしていることを確認すると、リーリスに尋ねる。

「ここから黒原までどのくらい離れてる!?」

「えっ⁉　えっと……馬で移動して二時間ぐらいの距離ですかね」

「その草原の特徴は⁉」

「文字通りに黒い草で覆われた草原ですけど……あ、ちょっとルノさん⁉」

「どうしたのだ、急に⁉」

バルトスが慌てて声をかけたが、ルノは駆けだしていった。

そして「風圧」の魔法で飛び上がる。

さらに、強化スキル「暴風」を発動させたルノは、風の力を利用してすごい勢いで空へ飛んでいった。

（急がないと間に合わない‼）

日が落ちるまでに着かなければ、二人は殺されてしまう。

ルノは手のひらから風をジェット噴射させると、文字通りジェットのように空を飛んでいった。

×　×　×

それから十数分後。

ルノは、一帯が黒い草で埋め尽くされた不気味な草原を発見する。

周囲は夕暮れで赤く染まっているというのに、この場所だけ夜を迎えているように暗い。

漆黒の草原の中央に、銀髪を輝かせるジャンヌが倒れていた。

ルノは彼女の側へ降り立つと、慌てて声をかける。

「王女様‼　無事ですか⁉」

「うっ……そ、その声はルノ様ですか？」

ジャンヌを抱きかかえると、彼女は気絶していただけだと分かった。ルノは安堵したものの、ジャンヌが声を震わせて告げる。

「だめです、ルノ様……早くお逃げください、でないと貴方まで……‼」

「え？　それはどういう……いや、それよりも陽菜さんは⁉」

ルノは、もう一人の被害者である陽菜を探そうとする。すると、後方から足音がした。慌てて振り返ると、いつの間にか陽菜が立っていた。

彼女の手には、黒い大きな水晶玉があった。

「陽菜さん‼　良かった、無事だったのか……陽菜さん？」

「…………」

ジャンヌが声を上げる。

「だ、だめです……お逃げください、ルノ様……うっ」

「王女様⁉」

急に気を失ったジャンヌをルノは受け止め、そのまま地面に横にさせる。

ルノは陽菜に声をかける。

「陽菜さん‼　すぐに帝都へ戻ろう‼　リーリスに王女様を診てもらわなきゃ……」

すると陽菜は虚《うつ》ろな瞳で首を横に振り、抱いていた水晶玉を差しだす。

「……だめ、だよ。ルノ、君」

「陽菜……さん？」

ルノは違和感を覚え、いったい何をしているのかと尋ねようとしたとき——水晶玉の表面に人間の顔のような皺《しわ》が生じた。

そして皺が告げる。

「来たか、異界の人間よ」

「お前は……⁉」

陽菜は水晶玉を手放し、その場に崩れ落ちた。

水晶玉は大きさと形を変化させ、人間の形状になっていく。しばらくして現れたのは、女性のシルエットをした水晶像だった。

どことなく陽菜と似た水晶像は自分の身体を確認し、忌々《いまいま》しげに舌打ちする。

「ちっ、この女の身体では魔力に限界が……やはり未熟な勇者ではこの程度か」

「勇者だって？　……お前、何者だ⁉」

ルノに問われ、水晶像は首を傾げると、ゆっくり口を開いた。

「手紙を見ていないのか？　我は魔王、この星のすべての生物の王だ」

「魔王……だと⁉」

陽菜の見た目の水晶像――魔王に向けてルノは身構える。

そして倒れたままの陽菜に視線を向け、彼女が死んでいないことを強く祈ると、魔王に向き直った。

「……お前が、魔王軍を操っていた黒幕か‼」

「そうだ。だが、お前がここに来たということは、奴らは全員死んだということか？　……まあいい。役目を果たしただけでも十分だ」

「役目？　どういう意味だ‼」

ルノが語気を強めて言うと、魔王はせせら笑うように告げる。

「……いいだろう。これから我の糧《かて》になるお前にも、事情を知る権利はあるからな。話してやろう」

それから魔王は、自分の正体と魔王軍を作りだした経緯を説明していった。

魔人族《デーモン》だった魔王は、かつて魔王軍を率いてこの世界のあらゆる国家を滅ぼそうとした。

その野望は上手くいくかに思われたが――異世界から呼びだされた勇者により、魔王は軍もろとも潰走《かいそう》させられる。

消滅の危機に瀕《ひん》し、死の淵《ふち》を彷徨《さまよ》うなかで、魔王は生き残りの方法を探しだす。

そうして、魂を物に憑依《ひょうい》させる方法を編みだすと、オリハルコンという希少な金属に自分の魂を移し、肉体が滅びようとも魂のみで生き延びてきた。

だがこの状態では、せいぜいスライムのように活動することしかできない。地面を這いずり回る屈辱のなかで、魔王は自由に暴れられる肉体を探し続けた。

そこで目をつけたのが、かつて自分を滅ぼした勇者である。

魔王は再び人材を集め、魔王軍を結成する。

そしてバルトロス帝国にデキンを送り、長い時間をかけて大臣の位まで成り上がらせ、勇者召喚を行わせた。

結果、四人の勇者と巻き込まれた一般人が現れた。

しかし、勇者を自分に相応しい肉体になるまで育てようとした矢先——召喚した四人の勇者が自力で地球へ帰ってしまった。

計画は破綻《はたん》したかに思われた。

だが、ここで奇跡が起こる。

巻き込まれて召喚された一般人のルノが、異常な速度で魔法の力を身につけているのが発覚したのだ。

魔王はそんなルノに、魔王軍の配下を放っていく。

ルノを潰すためではなく、育てるため。

つまり、配下を餌にしてルノを自らの理想に近づけようとしたのだ。

魔王軍の幹部であるデキンもリディアもガイアも、そんな魔王の思惑など知るはずもなく、見事にその役目を果たしていった。

一通り説明し終えると、魔王は笑みを浮かべて言う。

「つまり、すべては我の肉体のため。お前は、我に相応しい肉体になるまで育ったのだ。魔王軍ももはや用済みだ」

「そんなことのために……どれだけの人々を苦しめた!!」

ルノは激高し、声を荒らげる。

魔王はルノの言葉を無視し、淡々と告げる。

「説明はここまでだ。さあ、お前の肉体を明け渡してもらおうか、人間!!」

「うわっ!?」

魔王から衝撃波のような威圧が広がった。

ルノは怯《ひる》みつつも、とっさに手を前に突きだす。

「螺旋氷弾!!」

「むっ!!」

ルノが繰りだした氷の砲弾を、魔王は片手で受け止める。

高速回転する砲弾が、魔王の手の中で勢いを失っていき、魔王は余裕そうに口にする。

「ほうっ……凄まじい力だな!!」

「まさか……!?」

ルノは片腕だけで螺旋氷弾を止めた魔王に驚くが、すぐにステータス画面を開くと、強化スキル「絶対零度」を発動させる。

「それなら、これでどうだ!!」

「ぬうっ……!?」

受け止められた螺旋氷弾から冷気が迸《ほとばし》り、魔王の肉体を凍らせようとする。魔王の右腕があっという間に凍りついた。

しかし、魔王は凍った腕を乱暴に振り下ろす。

「ふんっ!!」

凍りついた腕は砕け散ったが、魔王が失った右腕に視線を向けると、一瞬で再生した。

「そんなっ!?」

驚くルノに向かって、魔王は不気味な笑みを浮かべる。

「今のは良かったぞ。だが、この程度では我は倒せない」

「それなら……『白雷』!!」

ルノは魔王に向かって白い電撃を放つが、直撃しても魔王は何も感じていないようだった。そして、全身に電流をまといながらルノに話しかける。

「ほう、聞いていた通り、面白い魔法の使い方をするな」

「き、効かないっ⁉」

なおも歩み寄ってくる魔王に、ルノは慌てて後方に下がる。

そして両手を地面に添え、「土塊」で魔王の周囲を土壁で取り囲んだ。

「大人しくしてろ‼」

「む……？」

土壁で周囲を囲まれた魔王だったが、抜けだす素振りさえ見せない。その隙に、ルノは土壁越しに魔王の位置を捉え、手のひらを突きだした。

「黒炎槍‼」

ルノの魔法の中で最大火力を誇る黒炎の槍を放った。

土壁を溶かし、魔王を貫いた。

——ように見えたが、魔王は攻撃が来ることを予期していたかのごとく、手を前に出して黒炎槍を受け止めている。

「そんなっ⁉」

「なるほど、確かに奴らでは敵わないはずだ」

すると、黒炎槍は魔王の体内にゆっくりと取り込まれていった。

魔王の肉体が黒く染まり、赤く変色し、風をまとい、さらに電流を帯びている。どうやら黒炎槍は吸収されたようだった。

魔王は両手を構えると、ニヤリと笑みを深める。

「楽しめたぞ……勇者よ」

「っ……『氷塊』!!」

危険を感じたルノは魔王の前に、厚さ三メートルの氷壁を生みだした。だが、魔王は動じることなく、そのまま黒炎を放つ。

「さらばだ」

黒炎が一瞬にして氷壁を呑み込み、ルノに到達する。

「っ……!?」

黒炎は氷壁はおろか、一帯を瞬時に消失させた。不毛の大地と化したそこには、草木もなければルノもいない。

魔王は周囲を見渡し、残念そうに口にする。

「ぬう、いかん……調子に乗って肉体を焼き尽くしてしまったか」

すると、魔王の前の黒焦げになった地面が盛り上がり、人間の両腕が飛びだした。それから全身が現れる。

「ぶはぁっ!!」

「なっ!?　生きていたのか!!」

地中から姿を見せたのはルノだ。

彼は身体にこびり付いた泥を払い落とし、何度も唾を吐きだして、魔王を睨みつける。ルノは黒炎を浴びる直前に「土塊」の魔法を発動し、地面に潜って避けたのだ。

ルノが息を切らせて呟く。

「ふうっ……危なかった」

「なるほど、土属性の魔法で生き延びたか。機転が利くな」

「さすがに死ぬかと思ったけどね……いくぞっ!!」

ルノはそう言うと、魔王に向けて駆けだして拳を握りしめる。魔法で攻撃するのではなく、物理攻撃を試そうとしたのだが――

「このぉっ!!」

「無駄だ」

魔王が手のひらを向けた瞬間、ルノは派手に吹き飛ばされてしまう。十メートル後方の地面に叩きつけられ、頭を強く打った。

「あいてっ!?　くそっ……やっぱり素手じゃ無理か」

「お前の魔法をもっと見せてみろ」

魔王は挑発するように両手を広げた。

ルノも魔法で応戦しようと思ったが、何もできず歯噛みする。これまでどんな魔法を生みだそうとも効果はなく、傷つけても再生されていた。

（魔王は、魔法を吸収する能力を持っている。それに吸収した魔法を使って、そのまま反撃もできるのか）

通常、自分の魔法で自らの肉体が傷つくことはない。

しかし魔王から返される魔法は、その限りではないどころか、何倍にも威力を増幅しているようだ。

ルノは先ほどの影響で鼻血が出ていることに気づく。

（魔術師にとっては最悪の相手だな……いや、待てよ？）

鼻血を拭いながらルノはこれまでの戦闘を思い返し、本当に魔王には魔法が効かないのか、疑問を抱く。

そして、ある可能性にたどり着く。

「……螺旋氷弾」

ルノは「氷塊」の魔法を発動させ、氷の砲弾を生みだす。

「またか。それはもう見たぞ」

「うるさい‼」

魔王は落胆したような声を上げるが、ルノはあることを試すため、空中に滞空させた螺旋氷弾を放つ。

「くらえっ!!」

「くだらん」

魔王は撃ち込まれた氷の砲弾に片手を突きだし、正面から受け止める。高速回転する物体を受け止めてはいるものの、吸収までしていない。

(魔法で生みだした現象といえど、氷のように確かな実体を持つ場合は、簡単には取り込めないのか?)

「白雷」「黒炎槍」「風圧」の魔法は実体があやふやな攻撃魔法であったために、魔王の肉体に触れた瞬間にその魔力が吸収された。

正確な原理はよく分からないが、「氷塊」の魔法が吸収されないのは確かだった。

「氷鎧!!」

「……なんのつもりだ?」

鬼武者《おにむしゃ》のような氷の鎧を身に着けたルノは魔王に接近する。

この状態なら攻撃も防御も同時に行え、魔王が魔法を出したとしても直撃は避けられる。ルノはその武装のまま魔王に殴りつけた。

「どりゃっ!!」

「ちっ」

魔王は鬱陶《うっとう》しそうに両腕を交差して防いだ。ルノは確かな手応えを感じつつ、全身の力を込めて拳を振り抜く。

「ぶっ飛べ‼」

「ぬうっ⁉」

魔王の肩に拳が当たり、水晶の身体に亀裂が走った。

予想していたよりも頑丈ではあるが、レベルの上がった今のルノの力なら壊せそうだった。ちなみに、ルノのレベルはすでに99を迎えている。

「おらぁっ‼」

「むうっ……」

今度は、両手で魔王の首筋に手刀を叩きつける。

魔王は煩《わずら》わしそうに両手で押しのけた。

単純な膂力《りょりょく》では、ルノは魔王に引けは取っていない。だが、巨体であるために動作がやや鈍重であった。

その弱点を突いて、魔王が攻撃を仕掛ける。

「いい加減に出てこい」

「うわっ⁉」

魔王は関節技を心得ているのか、ルノの右腕を掴むと、そのまま脇固めのように押さえつけた。

ルノはとっさに氷鎧を急浮上させ、魔王とともに空中に浮かび上がる。そして身体を逆さまにし、そのまま魔王ごと地面にぶつかった。

「このっ‼」

「うおっ⁉」

ルノの氷鎧の下敷きになる形で、魔王は地面にめり込んでいる。ルノはすかさず殴りつけ、魔王の身体を破壊しようとする。

「うおおおおおっ‼」

「ぐうっ……⁉」

子供の喧嘩のように、馬乗りになって何度も拳を叩きつけるルノ。魔王は両腕を交差して防ぐが、全身にひび割れが生じ始める。

しかし、ルノは殴りながら違和感を抱く。

魔王が反撃の機会を窺っているように感じられたのだ。

「捕らえたっ‼」

「うわっ⁉」

魔王は、振り下ろされたルノの腕を掴み、そのまま回転してルノを横転させた。反対に自分が馬乗りになると、ルノに向かって手刀を繰りだす。

「今度はこちらの番だ」

「うわっ⁉」

頭に魔王の手刀が放たれ、その一撃だけで氷鎧に亀裂が走る。慌ててルノは氷鎧を急浮上させ、すかさず魔王の両足を掴んで、再び地面に叩きつけた。

「このっ‼」

「ちぃっ‼」

しかし魔王も学習したのか、叩きつけられる前に両腕を頭部の後ろに回して受身を取る。だが、それを確認したルノは、魔王の肉体を掴んだまま振り回す。

「いくぞぉおおおっ‼」

「おおおっ……⁉」

プロレス技のジャイアントスイングのように回し、十分に加速したところで魔王を投擲した。狙いは、黒原に偶然あった岩である。

魔王が岩と衝突した瞬間、激しい振動が周囲一帯に広がっていった。

大きな岩に身体がめり込んだ魔王は、早くも抜けだそうとしている。

「ぐうっ……この程度の攻撃など……」

「いや、これで終わりだ」

「なんだと？」

ルノは氷鎧を解除して岩に両手を触れる。そして「土塊」の魔法を発動し、岩の形状を変化させる。

「固まれ‼」

「これは……⁉」

周囲の岩がまとまって粘土のようになると、魔王を取り込んでいく。やがて魔王の肉体は岩の中に完全に閉じ込められた。

「……さあ、どう動く？」

ルノは岩から十分に離れ、魔王の様子を窺う。

岩に閉じ込めた程度で倒せる相手ではない、ルノもそう理解している。ルノが重要だと思っているのは、どうやって魔王が抜けだすかだった。

「……くだらんっ‼」

防壁に亀裂が発生し、魔王の腕が出現する。そのまま力ずくで岩を破壊して、魔王は脱出してきた。

魔王は苛立ったように怒鳴る。

「いい加減にしろ‼　まともに戦えないのか‼」

「今ので分かった。お前は、俺の魔法を吸収しないと、自分では何も魔法が使えないんだ。そうなんだろ？」

「…………」

「ほら、使えるなら使いなよ。避けないからさ」

魔王は隙だらけのルノに、魔法を使おうともしなかった。表情は変わっていないが、身体を小刻みに震わせている。

ルノはさらに告げる。

「お前の能力は、魔法を吸収して増幅させ、そして撃ち返す能力……か？」

「……その通りだ。よく気づいたな」

誤魔化すことはできないと判断したのか、魔王はあっさりと頷いた。

だが、態度を変えることなく淡々と言い放つ。

「それを知ったところで、お前にはどうにもならん。我を傷つけることはできても、倒すことは絶対にできないのだ。頼りの魔法も我には通じん」

「どうかな。その割には、さっきから焦ってない？」

「……遊びはここまでだ。そろそろ終わらせるぞ」

魔王はそう言って会話を切ると、両腕を刃に変形させた。元々はスライムだったので、肉体を変形させることは得意なのだ。

魔王はルノに飛びかかると、腕を振り下ろす。

「くらえっ‼」

「氷盾……うわっ⁉」

ルノは雪の結晶のような盾を生みだす。魔王の両腕が小刻みに振動しているのを見たルノは、慌てて後方に跳躍した。

魔王の腕は、鋼鉄の十倍以上の硬度を誇る「氷塊」を真っ二つに切り裂いた。

「何て切れ味……」

「理由は知らんが、このように刃物に振動を加えると、切れ味が増すことは知っている」

「何でそういうのを知ってるんだよ!!」

ルノは魔王から大きく距離を取り、遠距離から攻撃を仕掛けることにした。

「そっちが振動なら……こっちは回転だ!!」

「なんだそれは？」

ルノは周囲に無数の「氷塊」を作りだした。そして、その一つひとつを円盤状にし、丸鋸のように周端を尖らせて高速回転させる。

この世界を訪れたばかりの頃に多用していた、回転氷刃である。

「くらえっ!!」

「ちっ!!」

周囲から同時に迫る回転氷刃を、魔王は両腕の刃で弾いた。しかし、いくら弾かれようとルノの意思で動かせるため、何度でも魔王に襲いかかる。

「鬱陶《うっとう》しい!!」

回転氷刃が衝突するたびに、魔王の肉体が削られていく。

苛立った魔王はルノに向けて駆けだす。ルノは回転氷刃の攻撃を止め、「土塊」の魔法を発動させて魔王の足元を陥没させた。

「沈めっ!!」

「ぬっ!?」

魔王が穴から抜けだす前に、ルノは空へ跳躍する。そして今度は、巨大な氷柱を作り上げて穴の中に撃ち込んだ。

「潰れろっ!!」

「うおおっ!?」

氷柱が穴の中にめり込んでいく。

ルノは今のうちに、さらなる追撃の準備を行う。氷柱が消え、魔王が穴の中から這い上がってくる。

「くっ……人間がっ!!」

「だいぶ苛ついてるみたいだな。だけど、これならどうだ?」

「何だと……?」

ルノは自分の周囲に複数の「光球」を生みだし、さらに強化スキルを発動させる。

ルノの足元の雑草が急成長し、蔓《つる》のように変化する。

「くらえっ!!」

「何だとっ⁉」

異常な速度で成長した植物を、「土塊」の魔法を使って地面ごと魔王にぶつける。

植物が魔王に絡みつき、その身体を拘束する。

「ふんっ‼　何をするかと思えば……この程度の拘束で我を止められると思ったのか‼」

岩の中に閉じ込められても自力で脱出できる魔王にとって、植物の蔓など力ずくで引き剥がすことは容易い。

魔王は蔓を両腕の刃で切り裂いて脱出した。

だが、ルノの狙いは拘束ではなかった。時間さえ稼げれば良かったのだ。

ルノはありったけの魔力を込め、魔法を発動する。

「うおおおおおっ‼」

「貴様、何のつもりだ⁉」

「こうするつもりだよ‼　氷竜‼」

「これは……⁉」

ルノは氷竜を生みだすと、その顎の力で魔王を押さえつけた。

氷竜の牙に捕らえられた魔王は必死に逃れようとするが、竜種の圧倒的な力の前ではそれも敵わない。

焦りを見せた魔王が声を上げる。

「貴様⁉　……何をする気だ⁉」

ルノは空に視線を向け――一か八かの賭けに出る。

「飛ぶんだ」

魔王を倒すことはできない。

いくらダメージを与えようとも再生してしまう。ただし、短い間であれば対抗できる。現に今も力で押さえつけている。

倒せない相手なら、遥か彼方《かなた》へ追いやってしまえばいい。

ルノはそう考えたのだ。

「いくぞ‼」

「うおっ⁉」

ルノは氷竜を空へ飛翔させると、一気に高度を上げた。吹き飛ばされないように、ルノは氷竜の頭にしがみつく。

「何をする気だ……貴様ぁっ⁉」

「魔王……お前、空の果てに何があるか知ってるか？」

「何……？」

魔王が返答する前に、ルノは答えを告げる。

「……宇宙だよ‼」

氷竜が十分な高度まで上がってくると、ルノは氷竜の背を変形させて戦闘機を作りだした。ルノは氷竜の背に付いた戦闘機に移動する。

そして、滅多に使用しない強化スキルを発動する。

「『重力』!!」

「うおおおっ!?」

「土塊」の強化スキル「重力」によって、氷竜の全身が紅色に輝いた。

重力から解放された氷竜がさらにスピードを上げていく。

その速度は音速を超えた。

氷竜の口に捕らわれていた魔王は、身体にかかる負荷に押し流されるように、氷竜の喉の奥へと入っていく。

戦闘機の内部にいるルノは大丈夫だが、魔王の身体には様々な影響が出ていた。

魔王が悲鳴を上げる。

「ぐあああああっ!?」

魔王が吸収できるのは魔法の力だけ。

身体にかかる重力、薄い気圧等の環境によって受けるダメージには対処のしようがなかった。魔王の肉体に亀裂が走っていく。

ルノに魔王の様子は見えない。彼は自分の力を信じ、そのまま大気圏を突き抜けた。

「いっけぇえええっ!!」


氷竜は、空を超えた先にある宇宙へ飛びだした。

ルノは窓越しに見える美しく煌《きら》めく星々を目にして感動していた。

しかし、そうしている場合ではない。氷竜は宇宙に出てからも、ものすごい速度で移動し続けているのだ。

「慣性の法則、だったっけ？　あんまり覚えてはいないけど……」

大気のない宇宙では、氷竜は速度を落とすことなく飛び続ける。

ここで、ルノは魔王が氷竜内で砕け散っていることに気づく。

氷竜は時間経過によって消える。そうなれば、魔王は砕けたまま宇宙を彷徨《さまよ》い続けることになるだろう。

ルノは一息ついて呟く。

「……俺も急いで戻ったほうがいいな」

氷竜の背中から戦闘機だけを切り離す。

そして、氷竜が宇宙の彼方に向けて飛んでいくのを確認した。

「じゃあな。もう二度と会うことはないだろうけど」

宇宙で魔王が再生できるのかは不明だ。だが、過酷な環境下では、地上のようにはいかないだろう。

ルノはそう思いつつ、氷竜の行方を見つめ続けた。

「さてと……皆のところに戻らないと」

ルノは、ここで自分が訪れていた異世界を眺める。

地球に似ているが、やはり違う。

大陸の形状が自分が知っている星のものとは異なっていた。ルノは改めて、異世界を訪れていることを知る。

「さあ、戻るか。王女様と陽菜さんを迎えに行こう」

ルノはそう口にすると、深く考えるのをやめた。

そして皆のもとへ戻るため、氷の戦闘機を大気圏に突入させる。

×　×　×

地上に戻ってきたルノは、戦闘機で空を移動する。下の様子を確認するが、自分がどこにいるのかよく分からない。

「ここはどこだ……帝都はどっちなんだろう？」

ルノが今いるのは、一面の岩石地帯だった。

「参ったな……このままだと戻れないや。さすがに疲れてきたし、そろそろ休もうかな」

魔王との戦闘で、ルノは魔力を激しく消耗していた。これ以上魔法を使うのに限界を感じ、氷の戦闘機を地上へ着陸させる。

歩きながら周囲を散策する。

できれば人里を見つけたかったが、しばらく探してみても、人がいるような痕跡は発見できなかった。

「それにしても殺風景《さっぷうけい》だな。緑がまったくないや」

ルノが降り立った岩山地帯は、木々はおろか雑草さえなかった。どう考えても人の住めるような環境ではない。それどころか魔物の姿さえ見えなかった。

「ここはどこなんだろう。晩御飯までには戻りたいな」

たくさんある岩山のうちの一つに登り、その頂上にやって来た。

ルノは周囲を見渡し、この大地の不毛さを再確認する。そしてしばらく休憩したら、立ち去ることを決めた。

「ふうっ……疲れたな」

その場に座ったルノは、やっと一息をつけたことに安堵する。ただし、あまり長居はできなかった。ルノには、その帰りを待っている人達が大勢いるのだ。

「皆も心配しているだろうし、ロプス達も迎えに行かないと……なんだ？」

突如として、ルノの足元の地面に振動が走った。

地震かと思ったが、それにしては様子がおかしい。そう思ったルノは「氷塊」で氷板《スケボ》を作りだし、それに飛び乗って浮上する。

「何だっ⁉」

岩山に亀裂が走り、凄まじい砂煙を巻き上げると、そのまま崩れた。

ルノが動揺していると地震はさらに大きくなっていく。岩山の崩壊はルノがいた場所だけではなく、次々と周囲の岩山が崩れていった。

ルノは空中から周囲を警戒する。

「何が起きているんだ⁉」

ふと嫌な予感を感じて下を見ると、破壊された岩山の土砂が一か所に集まり、巨大な人型を形成しだした。


ゴォオオオオッ……‼


「岩人形⁉　しかも……でかすぎっ‼」

出現したのは、三十メートルを超える巨大な岩人形だ。単体ではなく、岩山一つから一体ずつ誕生している。

ルノは氷板《スケボ》で空中を移動し、岩人形が生まれていく光景を観察し続ける。

「何が起きてるんだ？　まさか魔王軍？」

一瞬そう思ったものの、岩人形達はルノに敵意を向けていなかった。気づいてはいても反応を示していないようだ。

「俺が狙いじゃないみたいだな。だったら、こいつら何なんだ？」

岩人形は小さい個体でも二十メートルを超えていた。岩人形達は特に何かする様子もなく、ただ黙って立っている。

「何だ？　いったい何をして……うわっ!?」

ルノが困惑していると、大地に先ほどよりも激しい振動が走った。岩人形達が雪崩《なだ》れるように倒れる。

「おい、嘘だろ!?」

地盤が傾いている。

大地は徐々に盛り上がり、先ほどまで平面だった場所が傾斜になっている。地上の岩人形達は傾いた地面によって派手に転倒していた。

ルノは氷板《スケボ》を操作して迫りくる大地から逃れる。

ゴオオオオッ……!!

遠くまで避難し、改めて大地を確認したルノは、自分が間違いを犯していたことに気づく。

「これは……地面じゃない⁉」

それが何か確かめるため、ルノはさらに空へ上がる。

そして、かなりの高度まで上がってきてようやく理解する。自分が降り立ったのは、大陸でなければ島でもない。

その正体は、全長が数十キロに及ぶ巨大な鯨《くじら》であった。


「オァアアアアアアッ‼」


鯨の咆哮が響き渡った。

ルノが呆然としていると、鯨は大量の岩人形を背に乗せたまま、ゆっくりと海中へ姿を消していった。

ルノはため息を漏らす。

「あれは……魔王よりもやばそう」

ついさっき魔王を倒したルノだったが、たった今目にした鯨はそれ以上の脅威に感じた。

ルノは、この世界の生態系の真の頂点を見つけた気がしたのだった。

×　×　×

同時刻、手紙を解読した帝国一行が黒原にやって来た。

さっそく彼らは、倒れている陽菜とジャンヌを発見する。二人に外傷はなく、魔力を消耗して気絶しているだけだった。

皇帝はジャンヌの身体を抱きしめて泣き叫ぶ。

「うおおおおんっ!!　ジャンヌよ、無事で良かった!!」

「い、痛いです、お父様……」

リーリスが陽菜に声をかける。

「陽菜さんも大丈夫ですか？　何か食べたい物がありますか？」

「う～ん……それなら、チョコレートバナナパフェがいい」

陽菜の反応に呆れるコトネとスラミン。

「……目覚めて早々にすごい物を要求する」

「ぷるぷるっ」

ともかく二人を救出できた帝国一行は安心する。だが、先に向かったはずのルノの姿は見えなかった。

リーリスが大声でルノを呼ぶ。

「ルノさ～ん、どこですか⁉　いたら返事してください‼」

続いてコトネ、スラミン、ジャンヌ、陽菜も声を上げる。

「……ルノ、どこ？」

「ぷるぷる～んっ‼」

「お父様、離れてください‼　ルノ様はどこに‼」

「ルノく～んっ‼」

しかし返事はない。その場にいた全員が心配したような表情を見せる。

皇帝、ドリア、ダンテが言う。

「まさか、ルノ殿はもう……」

「この手紙の主に連れ去られたのでしょうか？」

「あの坊主が……？」

バルトスが弱気な声を一掃するように声を荒らげる。

「何を言っておる‼　ルノ殿ならばきっと無事だ‼　この辺り一帯を捜索するぞ‼」

その後、皆は何度もルノの名前を呼び続け、周囲を捜し回った。

だが、ルノは見つからなかった。

夜が更けていたので、仕方なく引き返そうかと考えたとき――大きな影が彼らを包み込む。

陽菜が声を上げる。

「えっ⁉　きゅ、急にすごく暗くなったよ⁉」

「さっきまで月明かりで照らされていたのに……」

「これは……まさかっ⁉」

リーリスに続いてバルトスが言うと、コトネがぽつりと呟く。

「……皆、上を見る」

全員が見上げると、そこには巨大な氷竜がおり、その背にはルノが乗っていた。氷竜がゆっくりと黒原に着地する。

すぐに魔法の効果が切れ、氷竜は消え去った。

そこには、疲労困憊といった様子でふらふらの状態のルノが立っていた。

「た、ただいま～……宇宙旅行から、帰ってきました」

そう言って彼が、皆のもとへ歩み寄ろうとすると——


「「「「おかえり‼」」」」

全員がルノのもとへ駆けつけ、その身体に飛びついた。

ともかく、魔王は異世界から召喚された勇者――ではなく、召喚に巻き込まれた一般人の少年によって宇宙へ追放された。

なお、魔王は二度と戻ってくることはなかったという――

# エピローグ

地球へ帰還した勇者、佐藤聡《さとうさとし》、加藤雷太《かとうらいた》、鈴木麻帆《すずきまほ》の三名は、再び異世界に行ってしまった陽菜を取り戻そうと奔走していた。

三人はデパートで防犯グッズを購入し、さらにいろいろと道具を揃える。

それから夜中に自分達の学校に忍び込んだ彼らは、警備員や監視カメラに見つからないように注意して教室に入ろうとする。

雷太が麻帆と聡に尋ねる。

「なあ、今さらだけどよ……こんな夜中に学校に忍び込んで大丈夫なのか？」

「大丈夫なわけないでしょう。見つかったら説教を受けるだけじゃ済まないわ。下手をしたら停学処分ね」

「陽菜を救いだせるなら、停学なんて構わないさ」

当然、窓も扉も鍵がかかっていたが、麻帆が針金を使って鍵を開ける。

「……よし、これで中に入れるわ」

「すごいな、お前。ピッキングなんて生で初めて見たぞ……意外な特技だな」

「これは、『開錠《かいじょう》』というスキルを覚えたからできるようになったのよ。ほら、扉が開いたわよ」

「ああ……警備員に見つかる前に早く入ろう」

地球に戻っても、三人は勇者としての能力は備えたままだった。それだけでなく、日常生活を送るだけで、様々な能力を習得していった。

麻帆の場合、動画でピッキングの映像を見ただけで、「開錠」を習得した。

「開錠」を使えば、どんな錠も針金を差し込むだけで開けられる。この能力を利用して学校の窓から内部に侵入した彼らは、教室の扉を開くことにも成功した。

「ここよ。この場所で私達は、あの世界へ呼びだされたはずよ」

「おい、聡!! 例の能力は使えないのか？」

「待ってくれ、今確認する……」

消えた陽菜を含め、聡達はこの教室から異世界へ召喚された。

だが、異世界人の度がすぎた武術指導によって追い詰められ、聡は他の三人を連れて、異能「転移」で地球へ逃げてきたのだ。

麻帆が周囲を見渡しつつ告げる。

「戻ってきたときも、この場所だったということは、ここはあの世界と繋がりやすいんだと思うわ。なら、佐藤君の能力も使える可能性が一番高いはずなんだけど……」

「どうだ、佐藤⁉　何か変わりはないのか？」

「静かにしてくれ‼　今やってるんだ‼」

聡の「転移」の能力は、自分の行きたい場所を想像し、能力名を口にすれば転移できるというものだ。

しかし、陽菜を追おうとして使ったときは作動しなかった。

それで、発動させた場所に問題があるのではないかと考え、この教室に来たのである。

さらに前回の際の反省を踏まえ、各々準備を完璧にしてある。雷太が麻帆を馬鹿にするように言う。

「それにしても、麻帆。お前のその格好は何だよ？　近所に遊びに行くわけじゃないんだぞ？」

「あんたのほうこそ何よ、その格好は‼　登山に行くんじゃないのよ？　キャンプ用品なんて持ち込んでどうするの‼」

麻帆は動きやすさを重視して、必要最低限の荷物を用意していた。対して雷太は、まるでこれから登山に行くかのような大荷物だった。

聡は二人の中間の格好で、大きめのリュックにジャージを身に着けていた。

聡は「転移」の能力を試そうとし――感覚的にこの場所からなら発動できるという確信を抱いた。

聡が歓喜の声を上げる。

「本当か!?」

「……やった!!　ここからなら、『転移』が発動できるみたいだ!!　あの世界へ戻れるぞ!!」

「やっぱり!!」

三人は手を繋ぎ、覚悟を決めて異世界へ戻ることを決意した。

「ここから先は無事に帰ってこられる保証はない……本当に二人もついてくるのか?」

聡がそう尋ねると、麻帆と雷太は頷く。

「当たり前じゃない、私達はいつだって四人一緒だったでしょ?」

「今さら水くさいこと言うんじゃねえよ」

「そうだったな……よし、行こう――!?」

二人に確認を取った聡は能力を発動させ、陽菜の待つバルトロス帝国の王城へ向かおうとした。

その瞬間だった――三人の足元に魔法陣が浮かぶ。

それを見て、麻帆と雷太が声を上げる。

「やったわ!!　本当に発動した!!」

「これであっちの世界に戻れるんだな!!」

だが喜ぶ二人に対し、聡は戸惑いの表情を浮かべる。

「……ち、違う‼　僕じゃない、まだ能力を使っていない‼」

「「えっ⁉」」

聡が、自分の能力で作りだした魔法陣ではないことを告げると――三人は魔法陣から発生した光の奔流に呑み込まれ、姿を消すのだった。

×　×　×

三人の視界が回復する。

目の前には大勢の見目麗《みめうるわ》しい容姿の男性や女性がいた。全員髪の毛が金髪で、耳が細長く尖っている。

周囲の光景は、三人が知っているバルトロス帝国の王城とは異なり、大理石製の神殿のような感じだった。

「こ、ここは……⁉」

「おい、どうなってるんだよ⁉」

「わ、分からない……何が起きてるんだ？」

混乱する三人に対し、一人の老人が近づく。

「おおっ……!!　まさか、本当に成功するとは……!!」

その老人はバルトロス帝国の皇帝より年上で、三人はその人物から威厳を感じた。老人の側には、自分達と同世代と思われる美男と美女がいる。

「す、すごい……本当に伝承通りに儀式をしたら、人間が出てきましたわ」

「こいつらが、勇者なのか？」

「おおっ……しかも三人もいます!!　バルトロス帝国よりも一人多い!!」

自分達をじろじろと見つめてくる集団に、聡は他の二人を庇うように前に出る。

「な、何ですか、貴方達は!?」

すると、老人が頭を下げる。

「おお、これは失礼した勇者殿……自己紹介がまだでしたな」

勇者と呼ばれ、聡、麻帆、雷太は嫌な予感を覚える。

「勇者？」

「ちょっと待って、なんかこの感じ、妙に既視感があるんだけど」

「ああ……最近、同じことを味わったような気がする」

案の定というべきか、老人は次の言葉を発した。

「我が名は、エルフ王国の国王を務めるミャク・アブリと申す。勇者殿、どうか我々の国の再興のためにお力を貸してほしい!!」

「「「やっぱり!!」」」

国王を名乗る老人——アブリの言葉に、三人はバルトロス帝国で最初に召喚されたときのことを思いだした。

そして、再び勇者召喚されたことを知って、悲鳴を上げるのだった。

原作 カタナヅキ
漫画 南条アキマサ
不遇職とバカにされましたが、実際はそれほど悪くありません? 1
Fugu-shoku to Baka ni saremashita ga, Jissai wa sorehodo waruku arimasen?
不遇職を育て上げ、最強職へ成り上がれ!!
好評発売中!!
次元の狭間へと転落し、0歳の状態で異世界転生することになった高校生・白崎零斗《しろさきれいと》。王家の跡取りとして転生するが、生まれ持った異世界最弱の不遇職「支援魔術師」と「錬金術師」が原因で家から追放されてしまう。過酷な世界で生き抜くため、鍛錬の日々を送る中、レイトは自身の職業に秘められた大いなる力に気がつく……。最弱職からの異世界逆転ファンタジー登場!!
●B6判 ●定価:本体680円+税 ●ISBN:978-4-434-27539-5
Webにて好評連載中! アルファポリス 漫画 検索

変わり者と呼ばれた貴族は、辺境で自由に生きていきます
1・2
enbunbusoku
塩分不足
領民ゼロの大荒野を……
神話の魔法でのけ者達の楽園《ユートピア》に!
超サクサク辺境開拓ファンタジー!
名門貴族の三男・ウィルは、魔法が使えない落ちこぼれ。幼い頃に父に見限られ、亜人の少女たちと別荘で暮らしている。世間では亜人は差別の対象だが、獣人に救われた過去を持つ彼は、自分と対等な存在として接していた。それも周囲からは快く思われておらず、『変わり者』と呼ばれている。そんなウィルも十八歳になり、家の慣わしで領地を貰うのだが……そこは領民が一人もいない劣悪な荒野だった! しかし、親にも隠していた『変換魔法』というチート能力で大地を再生。仲間と共に、辺境に理想の街を築き始める!
●各定価:本体1200円+税　●Illustration:riritto
のけ者達の辺境は今日も大盛況!!

犬の獣人ノアは、凄腕鍛冶士を父に持ち、自身も鍛冶士を夢見る少年。しかし父ノマドは、母の死を境に酒浸りになってしまう。そんなノマドに代わって日々の食事を賄うため、幼いノアは自力で素材を集めて農具を打ち、ご近所さんとの物々交換に励むようになっていった。数年後、久しぶりにノアの鍛冶を見たノマドは、激レア素材を大量に並べる我が子に仰天。慌てて知り合いにノアを鑑定してもらうと、そのレベルは596！　ノマドはおろか、国の英雄すら超えていた！　そして家族隣人、果ては火竜の女王にまで愛されるノアの規格外ぶりが、次々に判明していく――！

◉定価：本体1200円＋税　◉ISBN 978-4-434-27158-8　◉Illustration：うおのめうろこ

この作品に対する皆様のご意見・ご感想をお待ちしております。

おハガキ・お手紙は以下の宛先にお送りください。

【宛先】

〒150-6008 東京都渋谷区恵比寿 4-20-3 恵比寿ｶﾞｰﾃﾞﾝﾌﾟﾚｲｽﾀﾜｰ 8F
（株）アルファポリス　書籍感想係

メールフォームでのご意見・ご感想は右のＱＲコードから、
あるいは以下のワードで検索をかけてください。

アルファポリス　書籍の感想　検索

ご感想はこちらから

本書はWebサイト「アルファポリス」（https://www.alphapolis.co.jp/）に投稿されたものを、改題・改稿、加筆のうえ、書籍化したものです。

# 最弱職《さいじゃくしょく》の初級《しょきゅう》魔術師《まじゅつし》3

初級《しょきゅう》魔法《まほう》を極《きわ》めたらいつの間《ま》にか「千《せん》の魔術師《まじゅつし》」と呼《よ》ばれていました。

カタナヅキ

2020年7月31日初版発行

編集－芦田尚・宮坂剛
編集長－太田鉄平
発行者－梶本雄介
発行所－株式会社アルファポリス
〒150-6008 東京都渋谷区恵比寿4-20-3 恵比寿ｶﾞｰﾃﾞﾝﾌﾟﾚｲｽﾀﾜｰ8F
TEL 03-6277-1601（営業） 03-6277-1602（編集）
URL https://www.alphapolis.co.jp/
発売元－株式会社星雲社（共同出版社・流通責任出版社）
〒112-0005東京都文京区水道1-3-30
TEL 03-3868-3275
装丁・本文イラスト－ネコメガネ
装丁デザイン－AFTERGLOW
印刷－中央精版印刷株式会社

価格はカバーに表示されてあります。

落丁乱丁の場合はアルファポリスまでご連絡ください。

送料は小社負担でお取り替えします。


ISBN978-4-434-27619-4 C0093